戀物語

コイモノガタリ

西尾維新

NISIOISIN

BOOK & BOX ORIGINAL DESIGN by VEIA

BOOK&BOX DESIGN
VEIA

ILLUSTRATION
VOFAN

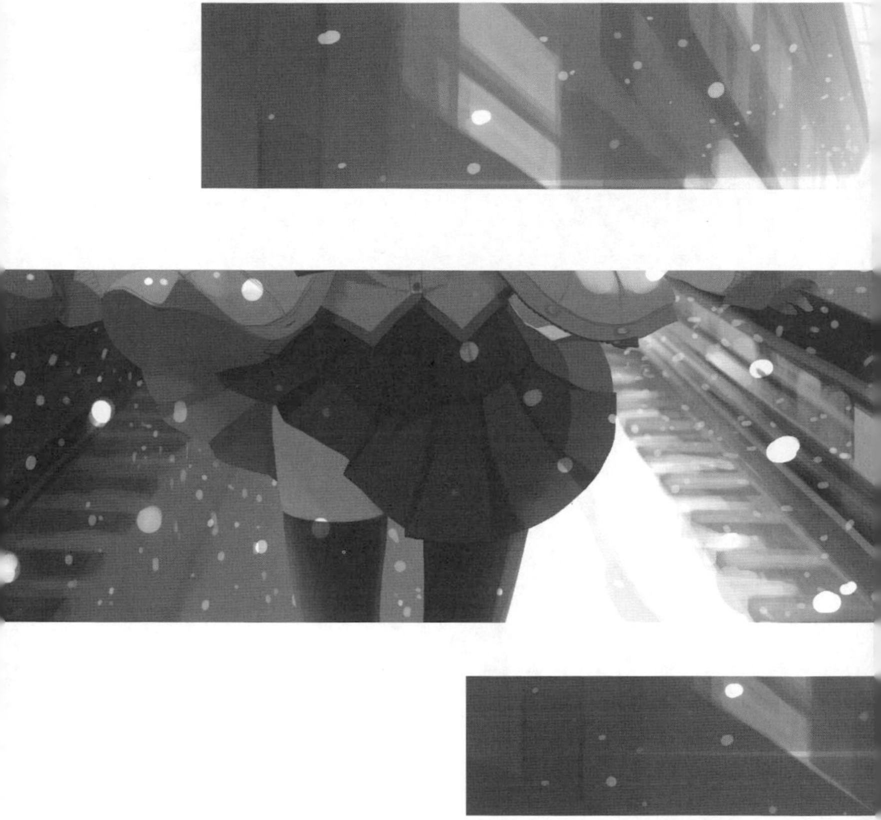

第戀話 黑儀・終幕

第戀話　黑儀・終幕

SENJYOGAHARA HITAGI

001

以為本物語將由戰場原黑儀的敘事揭開序幕的各位讀者，你們悉數上當了。你們應該在這次的事情得到一個教訓——寫在書上的文章都在騙人。

不只小說，寫在紙上的文字都是謊言。

即使書腰宣稱內容絕非虛構，無論標榜是紀錄文、報告、實地取材報導，全都是謊言。

不會是謊言以外的任何東西。

不准將宣傳文字照單全收。

以我的觀點來說，無論是書、文章或是話語，相信的人才有問題。這裡提到的「我」，換言之就是騙徒貝木泥舟，但這句話也不一定是真相。

只不過，人類總是想相信應當懷疑的事物，這種人類該有的心態，我並非完全、連一丁點都無法理解。因為我就是利用人性這方面的弱點混飯吃。

人總是想知道真實。或是想把自己知道的事情當成真實。

換句話說，真實只是次要。像是最近，得到愛因斯坦博士相對論保證的「擁有質量的物質不可能超越光速」這個壓倒性的「真實」被推翻了。

「中微子」這個大多數善良市民恐怕都不知道的物質，可以跑得比光速快一點點，記得是十億分之一秒還是百億分之一秒，這個「事實」如今公諸於世。這個令人驚訝、令人畏懼的「事實」，據說令許多人陷入恐慌。

不過以我的觀點來說，愛因斯坦博士提倡的相對論，世人為什麼深信至今，這是個難解之謎，也是讓我深感興趣的一件事。淺學無知的我，翻開相對論連一行都看不懂，不過善良的市民肯定大多數都不懂相對論，如同不曉得中微子這種物質。

既然這樣，為什麼打從一開始就將「擁有質量的物質不可能超越光速」這個法則認定是「真實」？大概是因為「懷疑」很麻煩。

因為「懷疑」會造成壓力。

懷疑「擁有質量的物質不可能超越光速」這種瑣碎的事情度日會造成壓力。人類不擅長應付壓力。

總歸來說，與其說人類不質疑、只會相信，不如說人類「不想質疑」。想要相信自己所處的這個世界與環境值得信任、值得安心。

想要安心。

所以不會疑神疑鬼，而是相信。

大多數人抱持著「與其懷疑不如被騙」這種荒唐、神奇的想法。

對我這種人來說，這個社會舒適至極。不，這不是社會或系統的問題，始終是人的問題。

是在討論人。

相信人、相信理論，或是相信妖怪變化——怪異，終究是人的本性。

世界與社會再怎麼改變，人也不會改變。

人就是人。

人類就是人類。

不會改變，也不會被改變。

所以，如果各位隨便認定這部物語是由戰場原黑儀的獨白開始，我要在這一點敦促各位好好反省。

厚著臉皮敦促。

若是不想吃虧，就懷疑吧。懷疑「吃虧就是占便宜」這句話。

想知道真相，就得先知道謊言。

即使精神因而出問題也無妨。

各位當然要徹底懷疑比光速快的中微子是否存在，也同樣該懷疑我是否真的是騙徒貝木泥舟。

說不定我出乎意料是偽裝成貝木泥舟的戰場原黑儀。而且在千百年前，也有個男性以「身為女性的我也想試著撰寫男性會寫的日記」為開頭寫起日記文學。

而且，這或許也是謊言。

所以，若是有讀者沒因為受騙而氣得闔上本書，而是抱持毅力看下去，我要為你的毅力表達敬意，以忠告取代開頭慣例的自我介紹。

我要嚴正提出忠告。

得做好覺悟。

得下定決心。

我雖然同樣是騙子、是騙徒，卻和懦弱陰沉的戲言玩家或愛穿女裝的陰溼國中生不同，甚至不想遵守述說物語時最底限的公平原則。

我發誓會以卑鄙無比的騙徒精神進行不公平的陳述。

我會盡情說謊，隨興胡謅，毫無意義地隱瞞真實、掩飾真相。

若說那些傢伙說謊和呼吸一樣自然，那我說謊和皮膚呼吸一樣自然。

我建議各位在閱讀時，隨時注意孰真孰假，也就是在內心養一隻疑心鬼，隨時抱持懷疑的態度。不過各位或許在這個時間點就中了我的陷阱。我不忘追加這句話。

那麼，開始吧。

我來述說這部以虛實交相描述，交織各種真假，戰場原黑儀與阿良良木曆的戀物語吧。

我從高中時代就對高中生的戀愛遊戲沒興趣，但那兩個傢伙妨礙我做生意，在這裡述說他們的歷劫經歷，就像是暗中說壞話一樣有趣。

都市傳說。

街談巷說。

道聽途說。

以及誹謗重傷。

這都是我擅長的領域。

是我的血肉，我之所以是我的證明。

我不保證真實程度，卻保證品質不會讓各位失望。我打從內心希望那兩人會在最後面臨所有讀者都認為「活該」的下場。

前提是我有內心。

前提是「我」這個傢伙確實存在。

那麼，開始進行這部有趣、好笑、最後的物語吧。

這當然也可能是謊言。

002

這天，我來到日本京都府京都市一座知名的神社。若是各位知道我來過，這間神社的風評可能會變差，所以我刻意匿名。我在這天被他們的戀愛遊戲波及，有著值得紀念的意義，但生性活得隨便的我，之所以清楚記得這天的日期，絕對不是因為那兩人令我印象深刻。

之所以記得，單純因為這天是一年三百六十五天之中最好記的一天。換句話說，這天是一月一日。

是元旦。

我來到神社，是要進行元旦的跨年參拜。

這是假的。我不是虔誠的人，何況我甚至不一定是人，因此我認為世上不應該有神佛，最重要的是，人們居然把比生命還貴重的金錢當成垃圾之類的東西粗魯扔掉，我不想和他們相提並論。

如果那是人，我寧願不當人。

何況我這個人，曾經以詐騙手法毀掉一個頗有規模的宗教團體。我活在沒有神也沒有佛的世上，是一個沒有血也沒有淚的人。

這樣的人不可能進行新年參拜，假設真的來參拜，神也不會接受這種人捐的香油錢。投的錢應該會被賽錢箱反彈回來，吃閉門羹不被受理吧。但我當然連當成遊戲一試的念頭都沒有。（註1）

註1　日本神社捐獻香油錢的箱子，等同於臺灣廟宇的賽錢箱。

那我刻意在元旦進入擠滿大量香客的神社做什麼？當然是要打工當神主……怎麼可能。我知道現今社會會招募巫女工讀生，但神主終究不能由工讀生擔任。不對，到頭來，其實巫女也肯定不能由工讀生擔任。

以我的觀點來說，這完全是詐騙行徑。

但就算是詐騙，我也完全不想批判，甚至想分一杯羹。因為香客大多只是在享受新年參拜的氣氛。

即使只是附近的女大學生穿巫女服，他們也沒什麼懷疑就相信是巫女，這種人受騙是當然的。

我覺得他們與其說是「相信」，應該說是「想受騙」。

而且這正是我元旦來到神社，無所事事眺望他們的理由。我來到神社是抱持半分玩心，觀察這些把比生命還貴重的金錢當成垃圾之類的東西粗魯扔掉的人類生態。

觀察這些善良的一般市民。膽小不敢懷疑的一般市民。

我每年元旦都會造訪神社，心想自己不能變成這樣，變成這樣就完了。不只是元旦，無論是盛夏、心情不好的時候、生意失敗而沮喪的時候，我都會找神社造訪，重設我的精神。

即使不像元旦擁擠，即使沒把錢當成垃圾扔掉，神社總會有一兩個香客。

總是有這種愚蠢的傢伙。

總是有人。

我看著這種人，心想自己不能變成這樣，變成這樣就完了。

這是警惕。是自戒。

講成這樣或許煞有其事，實際上卻或許基於完全不同的理由。或許我其實是祈禱今年身體健康，或是有段好姻緣。

對我追究「或許」這兩個字會沒完沒了。或許吧。

雖說如此，我來到神社的理由，和接下來的事完全無關，所以真相為何並不重要。重點在於我當時位於京都的神社。

京都當然不是我的家鄉。我不是造訪自家附近的神社。應該說沒有哪個地區讓我覺得是「家鄉」。或許各位會說我好歹有個設籍的地方，但我早在十幾歲的時候就賣掉戶籍。

總之「十幾歲」是假的，「賣掉」也有一半是假的，但現在的我沒戶籍，這是真的。貝木泥舟這個人在數年前就車禍喪生。當時給付的保險金，我基於理所當然的權利取得大半。

這種說法即使當成胡謅，聽起來也很假。

即使如此，我現在是居無定所的流浪漢，我對天地神明發誓這點肯定沒錯。雖然不應該在神社講這種話，但我對天地神明發誓。

我在這方面和死黨忍野咩咩過著大同小異的生活。不同之處只有一個，就是那個傢伙喜歡睡廢棄房屋，我喜歡睡豪華飯店。

這是我們各自的喜好，也就是自願這麼做，沒有貴賤之分。如同我死也不願意露宿在外，忍野那傢伙應該很討厭豪華飯店、手機或髒錢吧。

不過，那傢伙的流浪生活在某方面是基於職業上的實地研究，我的流浪生活在某方面是逃亡生活。考量到這一點，若是硬是分貴賤，果然是他貴我賤吧。

總之，我這時候位於京都，並非因為我是京都人。我不像影縫能流利說出詭異至極的京都腔，也沒學習這個都市的陰陽道。

說到新年參拜就是京都。我基於這個非常單純的理由，每年元旦都在京都。這種說法聽起來虛假到可悲嗎？

反正這裡的實際地名不重要。即使是東京的著名神社或是福岡的著名神社，哪裡都好。

我只是覺得為求方便，把這裡當成京都比較淺顯易懂，才會說這裡是京都，其實我完全不在意。即使各位認為我其實在海外夏威夷之類的地方優雅過新年也完全不成問題，不然當成我待在某個戰地也無妨。確定的是我絕對不會位於被某人禁止進入的和平純樸城鎮，但你們也可以質疑我這個確定的說法。

總歸來說，一切都無所謂。

什麼事情變得怎樣都無妨。

我在何種地點以何種心情採取何種行動，除了用來點出本物語的起點就毫無意義。因為無論起點在哪裡，我終究是局外人，而且直到最後的最後穿越終點線，也同樣只是局外人。

所以，重要的是時間。

時間。日期。名為元旦的日子。這是唯一重要的東西。

一年之中印象最深、最容易留在記憶裡的一天是元旦。原因當然在於這是特別的一天，即使對我這種人來說也不例外。暑假、寒假、春假等假期對我這個大叔來說都完全沒意義，既然連我對元旦的印象都如此深刻，對於高中生來說更是可以領壓歲錢、收賀年卡的重要日子。

我在這麼重要的日子，接到一通電話。一通來自高中生的電話。

「喂，貝木？是我，戰場原黑儀。」

這種自報姓名的方式，如同拿刀砍人。

如果只聽聲音，絕對不會認為對方是高中生。

「我要你騙一個人。」

003

有句話說「懶惰蟲只在節日幹活」，我自認不是懶惰蟲，甚至自命勤勉，卻不會抗拒在元旦就幹活。到頭來，我認為騙徒基本上都很勤勞。

詐騙行為在法治國家，完全是無從辯解的犯罪行為，一般來說，付出的心血和得到的利益不成正比。又是被追緝又是被討厭，堪稱差勁無比。偶爾我也質疑正經工作比較賺錢，但如果是正經的工作，我應該不會工作得如此正經吧。在受到組織保護的立場，沒道理能正經工作。

雖說如此，我的工作並非那麼不自由，即使在元旦突然接到未顯示號碼的來電，像是素昧平生就突然提出委託，也不需要二話不說就接受。

我並不是明天就會餓死。

實際上，我這時候也同時進行五、六項詐騙工作。形容為五、六件看起來像是打腫臉充胖子，但這不到說謊的程度。任何人都會在工作相關的數字灌水。

所以我如此回應。

「啊？」

啊？

換句話說，我將對方提出的委託，不，從之前的自我介紹就當成沒聽到。

「別裝傻。你是貝木吧？」

高中生如此追問。

「敝姓鈴木。鈴是項圈鈴鐺的鈴，木是穿鼻木棍的木，鈴木。恕我冒昧，請問您是哪位？戰場原？我對這個姓氏完全沒印象。」

我耐心地繼續裝傻，但對方反倒像是無可奈何。

「這樣啊，那就鈴木吧。」

她這麼說。

居然妥協了。

「也不要當我是戰場原，當我是千沼原吧。」（註2）

千沼原。

這是誰？不對，這是哪裡？

記得是東北的地名。我進行觀光旅遊型式的詐騙行徑時造訪過。那是不錯的地方。不對，或許我沒造訪過，也或許沒在那裡詐騙過。

無論如何，我欣賞她的回應。

我太大意了。居然聽她說了。

不對，如果我真的討厭在節日幹活，我只要將手機關機、折斷、破壞ＳＩＭ卡扔

註2　日文「戰場原」與「千沼原」音近。

進草叢就好，到頭來只要不接電話就好，何況我打從一開始或許就不是為了接工作而接電話。

委託人是誰都無關。

我假裝依照內心類似預感的衝動，如同早已預料般等她打這通電話。

「鈴木。」

她這麼說。名為千沼原的陌生女性這麼說。

我不知道她是誰，但從年齡推測，她肯定還不是女性，是女生。

「我要你騙一個人。我想當面說，該去哪裡找你？到頭來，你在哪裡？」

「沖繩。」

我立刻回答。

不知為何，想都沒想就回答。

「沖繩那霸市的咖啡廳。我正在咖啡廳吃早餐。」

我剛才講得像是各位認為我在地球哪個地方都無妨，不過請把那番話當成謊言。

我其實在沖繩。

日本引以為傲的觀光勝地——沖繩。

不可能有這種事，至少我在今年元旦所在的地方，絕對不會是沖繩。

我情急之下說謊了。

我剛才可能沒提到，但我經常說謊。

與其說是職業病，或許應該說是職業上的壞習慣。別人問我問題，我有五成以上的機率會說謊。

如果是打者，這是很好的打擊率，但以騙徒來說有點過度。

不過，我這時候說謊並不是因為這種病或習慣，而是基於某個策略。就當作是這麼回事吧。

這麼一來，我對這個叫作千沼原的人也比較有面子。

只要我說我在沖繩，電話另一頭那個交了男友改頭換面的恐怖女生，或許出乎意料會打消念頭。

「嫌麻煩」的心情，出乎意料最能讓人心受挫。

受挫吧受挫吧。

不過很遺憾，我的如意算盤落空。

「明白了。沖繩是吧？我立刻過去。我穿好鞋子了，到那邊的機場再打電話給你。」

戰場原……更正，千沼原毫不猶豫斷然回應。

那個女生似乎打算以前往附近公園玩的隨興心態前來沖繩。我懷疑她或許剛好來那霸市附近進行新年旅遊，但她現在的家境肯定沒富裕到能做這種事。

即使如此，她依然毫不猶豫決定前往沖繩，反過來說，我認為這就顯示她正處於多麼麻煩的狀況。

但目前的設定是我不曉得那個女生是何方神聖。

我當年騙過某個家庭，那一家的女兒確實沒錢，不過這位千沼原小姐或許是住在沖繩的暴發戶。

「手機要確實開機啊。只要電話打不通，我就宰了你。即使原因只是收不到訊號也一樣。」

千沼原扔下這番危險的臺詞之後結束通話。

看來我得感謝手機在擠滿數萬人的元旦神社還收得到訊號的奇蹟。

這個世界以奇蹟組成。

大致都是可有可無的奇蹟。

不對，正確來說，千沼原在扔下這句話之前，在結束通話之前，還說了另一句話。說了某一句話。

如果我沒聽錯，她輕聲追加的或許是這句話。

「麻煩您多多關照。」

麻煩您多多關照。

麻煩您。

多多關照。

那個女孩肯定恨我入骨，卻對我說出這種話，我一時之間難以置信。不對，就說我不曉得那個女孩是哪個女孩了，但是不提這個，看來那個傢伙確實處於走投無路的狀況。

總之，我在這天，為了自己說的無聊謊言，非得去沖繩一趟。

004

雖然這麼說，我要付的旅費也只有從這裡前往機場的公車錢，但也不能小看公車錢就是了。我只需付公車錢的原因，在於我有一張全日本航空所販售，名為貴賓通行證的卡片。

名為貴賓通行證，全名是「貴賓通行證３００」的這張卡，是預付三百萬圓取得的卡片。從十月初到翌年九月底這一整年，只要是國內線，無論是哪個航班或哪種艙位，都可以自由搭乘三百次。總之，要是別裝模作樣，以極為淺顯易懂的方式形容，就是誇張一點的回數票。

平均起來，從北海道飛到沖繩只要一萬圓就搞定，算是很超值的卡。但國內沒有北海道直飛沖繩的班機，在這種時候肯定會因為轉機而使用兩次卡。

到頭來，一年只有三百六十五天，要怎樣搭三百次飛機也是個問題。真的有人過著幾乎每天搭飛機的生活嗎？連我這個流浪漢也肯定用不完這張卡吧。

所以應該沒辦法按照計算，當成每次搭飛機都只要一萬圓。即使如此，只要搭一百次就完全足以回本，所以我毫不抱怨，甚至樂意買下這張卡。

我是愛買東西的人，愛買高價、有趣、體面又不占空間的東西。所以我覺得買下這張滿足所有條件的貴賓通行證是很好的決定。

順帶一提，這張卡限量三百張。

和我擁有相同興趣的人，或許有兩百九十九人。我想到這裡內心不免雀躍，但是這兩百九十九人，應該大多是由衷鄙視我這種騙徒的菁英白領族，所以深入思考就覺得不是滋味，甚至有些內疚。

總之，我不是能大搖大擺辦張信用卡的身分，手頭也沒什麼現金（年底花了一大筆錢，而且提款機在元旦大多停止服務），多虧這張卡，只要訂得到機位，前往沖繩並非難事。

幸好機位很空。

從關西新機場飛往那霸機場。

先不提是否是這個航班，總之是從最近的機場飛往那霸機場。

現在是寒假，卻似乎沒人瘋狂到在元旦這天前往沖繩。問題在於我是否能比戰場原……更正，比千沼原先抵達沖繩，這部分只能交給上天決定。

但我現在就在上天飛翔……

她要求我手機要開機，在機上卻終究得關機。我也會遵守這種程度的規定。

不過，這個規定最近似乎修正了。

以前在機上，包含手機在內，會發出電波訊號的機器（例如隨身聽、電腦或遊樂器）都一視同仁必須關機，現在只要在飛機門關上之後關機就好（也就是在關門之前都能在機上講電話），在飛機著陸開門的這個時間點，也就是還沒下機就可以開機。

大概是飛機靜止時，即使儀器受到干擾也不成問題吧。我不知道詳情，但聽到這麼說就覺得確實如此。

何況手機訊號是否真的會對飛機儀器造成影響，影響程度是否真的會導致飛行出問題都有待質疑，不過這種事不重要。

我在這時候想說的是另一件事。規則實際上經常在不為人知的時候修改。

道路交通法修改之後，即使在人行道騎腳踏車，實際上也不會犯法，但最近又要重新檢討這項規定。愛騎腳踏車的阿良良木曆肯定不知道這件事。

他不知道就在騎腳踏車。

總之，在相對論也會被否定的這個時代，法律應該也會改變。但是動不動就得配合法令也很麻煩。

啊啊，說到「規定都有例外」這個話題，雖然機上規定各種電子機器都得關機，卻不知為何只有錄音帶或CD隨身聽，即使在起飛或降落時也可以使用。

那不算是電子機器嗎？

總之，我在這時代也不會使用錄音帶或CD隨身聽，真要說的話，這種事一點都不重要，但我的工作就是要利用這種「規則上的例外」。

所以得注意一下。

我不能忘記思考，不能忘記懷疑。

遵守規定不代表相信規定。

思考、思考、思考。

基於這層意義，機上是最適合思考的空間。受到安全帶的束縛也只能思考。

而且現在該思考的事情，當然不是電子機器在飛機上的用法，而是關於我即將接下的工作。

不對，不一定會接。或許會拒絕。

還在決定聽聽她怎麼說的階段。

何況我連這種決心都輕易推翻。反覆進行不同的決定。或許我會直接從那霸機場飛往其他機場。

雖然這麼說，我也愛惜自己的生命。我說生命沒有金錢重要，即使如此，我也並非不重視生命，戰場原……更正，千沼原說我毀約將會真的「宰了我」，面對她的咄咄逼人，我應該不會毀約……總之，嗯，我的意思是我這一生甚至會質疑自己的決心。

千沼原的委託。陌生女孩的陌生委託。

不曉得有沒有錢可以賺。

無論那個傢伙是戰場原還是千沼原，只確定她是高三女生。我不認為高三女生可以自由動用太多錢。

時代變遷至今，一年掌控數億的高中生社長並非不存在吧，但是這種人應該不會對我這種可疑人物提出委託。

何況是詐騙的委託。騙人的委託。

「我要你騙一個人。」

這是什麼意思？

慢著，或許沒意思。或許只是講得煞有其事吸引我的注意。這種沒意義的部分可能正是謊言，在沖繩等待我的，可能是她安排的警隊或狐群狗黨。

嗯……

回過神來就發現，這個可能性其實很高。

但我也是專家，完全不會害怕這種包圍網。這種程度對我來說甚至不算是戰場，頂多當成一次不錯的運動機會。

生活偶爾需要刺激。

何況，要是那個傢伙變成如此無聊的人，我今後的人生也能高枕無憂。終於可以擺脫「不曉得那個女人何時會來捅我」的妄想。

所以，要是具備意義，要是「我要你騙一個人」這句話具備意義，也就是那個女孩如果打算正式對我提出委託，對我來說棘手許多。

這就可以形容為戰場。

也可以形容為恐怖。

至少沒辦法從容形容為不錯的運動機會。

我受過訓練，不會直接將情緒顯露在臉上，卻不代表我能完全控制情緒。

我會正常感受到恐怖。

會害怕、會恐懼。

此外，我聽到有人說，要是感覺不到這種情緒應該就不是人了，在幹詐騙行徑的時間點就回天乏術了。但我就假裝沒聽到這種意見吧。

不過，我不只是感到恐怖，同樣也感到興趣，所以我在好奇心的推動之下繼續思考。

推動思緒。

沒有因為恐怖停下腳步，而是繼續前進。

雖然不曉得是誰，但那個女生想騙某人。因為詐騙而受害，吃盡苦頭的人，居然想以相同的方式騙別人。

我很感興趣。不得不投以好奇的目光。

我沒被詐騙過所以不清楚，不過就我所知，受害者大多不會成為加害者，而是一直處於受害者的立場。

肯定是因為被詐騙一次，就會接連成為詐騙的目標吧。這是相同的道理。

這樣的她——雖然不曉得是誰，總之她找的詐騙搭檔不是別人，正是我，所以不自然至極。基於這一點完全只有突兀感。

若要刻意以不同話語形容，就不是突兀感，是討厭的預感。

討厭的預感。令我厭惡的預感。

委託內容絕對不是什麼好東西。

應該有人覺得詐騙本來就不是什麼好東西……但我即使秉持這個意見，依然有種更強烈的不祥預感。

我這次搭乘的是頭等艙，在機上可以免費點酒精飲料，但我決定節制。既然不曉得戰場原……更正，千沼原會如何出招，我希望意識盡量保持清晰。

005

飛機抵達那霸機場一打開艙門，我的手機就響了。如同這一幕被看在眼裡，如同對方真的在某處看著這一幕。是的，與其說是估算更像是監視。

真要說的話，到頭來知道這個手機號碼的人肯定有限，即使是千沼原或戰場原都沒道理知道這個手機號碼。因為我被那個傢伙知道的手機號碼，正是被那個傢伙親手破壞。

嚴格來說，被破壞的是手機，我可以沿用原本的號碼，但我判斷繼續使用這個被她知道的號碼很危險，所以我立刻解約。

……只不過，那個女孩要是有心，應該可以取得我的聯絡方式。不只是那個女孩，無論是誰，坦白說不管任何人，只要肯努力都能得到某種程度的情報。

雖然無法像我熟悉的學姊那樣無所不知，卻能知道到某種程度。

前提是要有毅力。大多數人擁有的毅力都比想像中的差。

人類是怠惰的生物。

怠惰比愚蠢還棘手。

扼殺人類的不是無聊，是怠惰。

「貝木？我到了。」

「千沼原小姐，妳說的貝木是誰？敝姓鈴木。」
「不用再刻意作戲了。請別一直做這種幼稚的舉動。我要去哪裡等？」
千沼原指摘裝傻的我不識趣，如同宣布遊戲結束般這麼說。
「千沼原小姐。」
我開口回應。
刻意作戲，一直做這種幼稚的舉動，都算是一種謊言。
換句話說，是習慣。
是壞習慣。
「其實我已經到機場附近迎接千沼原小姐了。」
「哎呀，這樣啊？」
「客戶專程跑這一趟，我這樣是理所當然……所以在機場大廳見面吧。」
「天啊，這份貼心真讓人感謝。你這位騙徒待客真是親切，我真的笑了。」
明明不是視訊電話，千沼原完全沒展露笑意的表情卻似乎傳達過來。
果然窺探不到改頭換面的感覺。
完全是兩年前的那個女人。
怎麼回事？阿良良木曆究竟在做什麼？我完全不曉得阿良良木曆是誰，不過說真的，那個笨蛋在做什麼？

居然沒有好好看著這種危險的女人，他在想什麼？

難道說，本應改頭換面的戰場原再度轉變個性？發生某個足以造成這種結果的事件，所以她要找我商量這件事？

這樣的話……

……這樣的話……

「我一直以為你也是從日本某處搭飛機來沖繩，和我一樣剛到機場。」

千沼原進一步講得像是一切都看在眼裡。這部分肯定是「並非無所不知」的例外情報才對……

那個女孩不可能在這麼短的時間，竊取到ＡＮＡ搭機旅客的情報。

所以與其說她是胡亂猜測，應該說她像是在指桑罵槐。

「我完全聽不懂妳在說什麼。我確實是搭乘沖繩單軌列車剛到機場。」

我很清楚這一點，所以面不改色回應。

對我來說，說謊比說實話容易數倍。我的嘴在正常狀況就會說謊。

心情上近似自動書記。

以現象來說是自然現象。

到頭來，說到看透別人，我認識這個領域的專家忍野，又認識無所不知的臥煙學姊，所以我無論被注視、被觀察都不痛不癢。

想看就儘管看吧，我只需要將被看到的一切變成謊言。

真相總是可以用謊言替代，這是我的基本論點。

基本論點？我有這種東西嗎？

什麼時候有的？究竟是從什麼時候？

「這樣啊。總之無妨。只約在大廳見面有點籠統，可以約在機場咖啡廳之類的地方嗎？」

「知道了，不然這麼做吧。」

我始終不是以表面恭維的傲慢語氣，而是以客氣至極的口吻如此提議。要在當面見到千沼原之後維持這種語氣終究很難吧。

「請妳挑一間喜歡的店，一邊喝咖啡一邊等我，我會主動搭話。」

「……我進入店裡再用電話告知店名？」

「不，我不會這麼勞煩客戶。我會走遍機場每間咖啡廳，一定會主動向千沼原大人搭話，請優雅享用紅茶等我就好。」

「……畢竟彼此是初次見面。」

她這麼說。

不曉得是配合我，還是對我的回應無言以對，但她似乎准我繼續刻意作戲。

「我是不是拿個東西比較好認？」

「說得也是。那麼請用右手拿著 iPhone 吧。」

「……如今用 iPhone 的人很多吧？你沒辦法認得出來。」

「我說的 iPhone 是初期的機種。」

這句是開玩笑。一點都不好笑的玩笑話。只要不是黑心玩笑話就無妨吧。

我差不多該下機讓機內清潔員工作了，所以我無暇開這種玩笑，非得趕快結束通話，但我在時間越緊湊的時候越想開玩笑。

我這部分在學生時代經常被忍野訓誡。被那個忍野訓誡。

我當時覺得地球上的任何人都能說，就只有你沒資格這麼說，但是相對的，既然是那個傢伙也指出的問題，我雖然不甘心也非得認同。

我自認已經長大成人，不過我和高中生以相同水準交談，代表我還沒擺脫孩子氣的階段。

「到頭來，我的手機不是 iPhone。我家沒電腦，所以不能用那種手機。」

「哎呀哎呀，這樣啊。」

「我戴著眼鏡，你用眼鏡認人吧。」

她說到這裡結束通話。

戴眼鏡的人才真的在店裡比比皆是吧……慢著，到頭來，她有戴眼鏡？

是因為後來準備大學考試，導致視力變差？

不過，視力的好壞似乎大多取決於基因，所以即使真的做出「映雪囊螢」的行徑，視力也不會輕易變差。而且進一步來說，那個女孩到頭來應該不會為了考大學而念書。

我也是頗能掌握要領而考上大學，但戰場原甚至會嗤笑這種要領。

她曾經半開玩笑地說，用功唸書反而會影響心情、影響成績，玩樂反而有助於成績進步。

即使這真的是玩笑話，雖然我只知道她高一時的學力，但要是從那種水準順利培育，恐怕她不用刻意準備考試，也肯定能考上大部分的大學。

既然這樣，她說戴眼鏡或許也是玩笑話。她的類型和我一樣，越是處於正經嚴肅到不允許開玩笑的狀況，越會講胡鬧的玩笑話。

如果講得稍微自我意識過剩，那個女人是受到我的影響而變成這種人……我的個性對於高一青春期女孩來說有點毒。

總之我將手機放回口袋，走下飛機。我沒有隨身行李。不只是今天，我原則上總是不會隨身帶什麼行李。

這具身體就是所有財產。

放不進口袋的東西，我就不想帶。

有時候當然會基於工作要求無法如願，但是在這種狀況，必要的器材到最後也會立刻被我處理掉。

忍野以前暗示過我的生活方式稍微極端過頭，但你沒資格說我。真的。

我稍微回憶學生時代，抱持著些許懷念的心情，從機上人成為地上人。但我說自己「抱持懷念的心情」當然是漫天大謊。

006

後來我在那霸機場裡徘徊，沒花太多工夫就立刻找到委託人。部分原因在於我並不是第一次來沖繩，大致掌握那霸機場裡有哪些咖啡廳，但是實際上，主要原因在於委託人千沼原戴的「眼鏡」是非常好認的「標誌」。

其實應該沒有比這更好認的標誌了。

我從店外也清楚認得出來，可以斷言那個人就是她。

因為她的「眼鏡」是宴會娛樂用的假鼻子眼鏡。

附兩撇鬍子的那種眼鏡。

穿著制服的女高中生，戴著假鼻子眼鏡待在咖啡廳，當然顯眼無比。與其說顯眼應該說異常。我一時大意被她嚇了一跳。

機場商店應該不會賣這種東西，代表那個女高中生在我提到認人方式之前就做好準備……啊啊，慢著，對，真是的，我率直覺得她很蠢。

但我也同樣覺得敗給她一次。這是真的。

我囚禁於敗北感。有種敗家犬的感覺。

這方面的勝負標準非常敏感又細膩，有點難以說明，不過簡單來說，其中一方覺得輸掉的時候就輸了。

我發現了不曉得是戰場原還是千沼原的她，卻提不起勁進入店裡。

要是現在直接進入店裡，就這樣坐在那傢伙面前，肯定會被她掌握主導權，而且話題自始至終都會依照她的步調走。我不願意這樣。

不只是不願意，是討厭這樣。

我悄悄遠離這間店，前往機場裡的禮品店，購買沖繩商店肯定會賣的夏威夷衫與墨鏡。

我搞不懂沖繩為什麼會賣夏威夷衫……不過到頭來，夏威夷衫這個夏威夷名產，據說追根究柢是以日本和服為依據，所以當成逆向輸入就不奇怪。

然後我在廁所隔間脫掉上衣與襯衫，穿上夏威夷衫戴上墨鏡，以鏡子確認。鏡子裡是個陽光大男孩，搞不懂這傢伙是誰。如果再加一把夏威夷四絃琴就很完美了，但是不可以凡事都追求完美。

要是沒有留點餘地，應該說留點玩心，發生什麼萬一的時候將動彈不得，如同車子的方向盤那樣。

我確認上衣與襯衫口袋沒留任何東西之後，將衣服連同領帶扔進廁所外面的垃圾桶，再度走向委託人等待的咖啡廳。

我毫不猶豫、光明正大、未曾畏縮地維持冷酷表情，以這身打扮坐在委託人對面的座位。

「噗哈！」

假鼻子眼鏡女孩噴出嘴裡的柳橙汁。

她喝的不是咖啡或紅茶，而是柳橙汁，或許是因為我剛才那麼建議，才激發她的反抗心態。

反正她被我害得噴出飲料，所以無論她喝什麼，都等於逃不出我的手掌心。

咯咯咯。

好，我贏了。

這是智慧的勝利。

我在內心振臂握拳。這份情感當然連一丁點都沒顯露在外。

我反而一副理所當然的表情，不疾不徐地就坐。

「給我熱咖啡。此外再給這位女性一杯柳橙汁。」

我對送上溼毛巾的服務生點飲料。

這裡是沖繩機場，穿夏威夷衫戴墨鏡的男性應該不稀奇，服務生正常地接受點餐之後就離開。但服務生看向我前方按著肚子似乎很難受的女高中生時，眼神有點質疑。

「平……平常的……」

好不容易恢復到講得出話的假鼻子眼鏡女高中生，上氣不接下氣地詢問。

「那套喪服去哪裡了……像你這樣的人來到沖繩……來到沖繩，那個，也會變得陽光？」

「那不是喪服。別以為黑西裝都是喪服。」

正如預料，我和她直接見面之後，語氣果然走樣。

我個人想再裝模作樣一陣子，但我察覺這份想法之後，反而刻意提早結束這次的作戲。

我是個性彆扭的天生騙子。

甚至會欺騙自己。

「我好歹也會穿夏威夷衫。」

「仔細看就發現，你只有下半身是一如往常的西裝褲……鞋子也是皮鞋。不協調到足以顛覆這個玩笑話，害我笑了兩次……」

唔。

我沒蓄意安排的部分居然逗笑她，我深感遺憾。

我開始不耐煩。因為小心眼嗎？

「我才要問，妳剪了那頭長髮？我好驚訝，這樣很適合妳。」

個性或許小心眼的我，刻意沒提到假鼻子眼鏡的事，也就是視而不見，拿她相較於上次見面大膽剪短的頭髮當話題。

不過，我已經在夏季從阿良良木曆提供的照片知道她剪了頭髮，所以我不可能驚訝。

雖說如此，她和照片比起來，頭髮稍微留長了……吧？

「……………」

她以自己的溼毛巾擦拭自己噴的柳橙汁，然後面向我。我至此總算看見很有她個人風格的撲克臉，但她依然戴著假鼻子眼鏡，正經不起來。

看來她錯失取下眼鏡的機會。

「千沼原，好久不見。」

「鈴木，好久不見。」

久違半年的重逢。

記得是久違半年沒錯。

錯了也無所謂。

怎樣都無所謂。

就這樣，我和以為再也不會見面，會在見面一瞬間沒命的女孩重逢。和我當年詐騙家庭的女兒重逢。

和戰場原黑儀重逢。

007

「沒想到妳會主動聯絡我。怎麼了？發生什麼事？」

「我要你騙一個人。」

已經無須強調是千沼原的這位客戶——戰場原黑儀，記得就讀直江津高中，總之是高三的這名女高中生，重複剛才在電話說的這句話。如同非得像是照本宣科這麼說才能對我提出委託。

從她這種態度來看，「麻煩您多多關照」這句話或許果然是我聽錯，或者是我個人的期望。

這種事同樣無所謂。

到頭來，我有什麼不能當成無所謂的事情嗎？

如果那句細語是用來叫我過來的小伎倆，我也不會額外驚訝。在我實際像這樣被叫來這裡聆聽委託內容的時間點，在這個事實成立的時機點，那麼久之前的對話內容就變得無所謂至極。

我不會計較過去。

所以無論眼前的女孩是我以前騙過的女孩、路過的觀光客，或是當年受過照顧的恩師女兒。都是無所謂又沒有兩樣的事。

無所謂到沒有兩樣的程度。

「我要你騙一個人。」

她再度這麼說。

到她講出第三次的時候，與其說是講給我聽，更像是講給她自己聽。

但我只覺得很煩。

「可以幫我騙嗎？」

「妳講得這麼含糊，我也很為難。我當然騙得了任何人，不過……」

我刻意誇大其詞。戰場原肯定最討厭這種豪語。不曉得該說什麼的時候，總之先說對方討厭的事情讓對方討厭。這是我的原則。

問我這樣有什麼意義？

沒什麼特別的意義。只是比起被喜歡，被討厭比較輕鬆。

真要說的話，該怎麼形容，或許是因為被喜歡等於被輕視，被討厭等於引起對方重視吧。

我隨便說說的。

「不過，除非妳說得具體一點，否則我無法回應。」

「……你即使沒比我高階，至少比我年長，所以我姑且給你一個面子，以委託工作的形式和你交涉，但你原本至少非得幫我做到這種程度。」

「這是怎樣？」

戰場原這番話使我聳肩。

我聽不懂她在說什麼。真的是莫名其妙。

「這是所謂的贖罪？我以前害妳吃過苦頭，所以要我補償？這該怎麼說……戰場原，妳有所成長了。除了胸部也有所成長。」

最後補充像是性騷擾的這句話，當然是為了引她討厭而說，但這個女孩平常就和喜歡幼女的阿良良木曆來往，這種話語對她來說或許沒意義。何況我「總之先讓對方討厭」這種溝通方式，這女孩在數年前就已經識破。

銳利得如同刀刃，應該說如同削尖的文具前端般，銳利識破。

若是如此，或許真的沒意義。

我再怎麼鬥心機，也像是在表演戲法早被拆穿的魔術。雖說詐騙受害者容易繼續成為受害者，但我不認為曾經被狠狠騙過的這女孩會再度被我騙。
我不認為。
「並不是補償我。」
戰場原果然一副完全沒受打擊的樣子，劈頭就如此回應。
這副知曉一切的態度令我不悅。極為不悅。
「你對我造成的傷，阿良良木已經為我撫平。」
「喔，那太好了。你們打得真火熱。」
「所以我要你補償的是完全不同的事。你非得這麼做。」
「……我不太喜歡像這樣被限制行動。」
我這麼說。這是我難得正直的想法。
以我的狀況，「正直」聽起來或許也有點假，但這真的是我正直的想法。
「不然我也可以立刻轉身走人。」
「你敢這樣，我就會捅你。別以為我毫無準備就來到這裡。」
「…………」
我直覺認為這是謊言。
雖說是直覺，其實不是這種第六感。這是任何人都知道的單純推理。即使她預先有所準備，既然是搭飛機來到這裡，利刃類的物品肯定都已被沒收。

總之，她也可能花心思藏在託運行李……而且即使不是如此，即使她沒準備利刃，我要是應對不當，戰場原應該會想辦法殺我。

這女孩就是會對我做這種事。

我就是曾經做過這麼過分的事。

就算這樣，我也不打算補償。這樣對我當時賺的錢很失禮。

只有對於金錢的禮儀，絕對不能有所疏失。

絕對，絕對，絕對不能。

不過，她像這樣擅自決定我今後的行動，我在有所反感的同時，也冒出強烈的好奇心。

如果我不是要補償戰場原，我究竟是要補償誰？

對誰的什麼事情補償？

難道是那件事？

阿良良木曆妹妹的那件事？

我遇過那個傢伙……記得叫作阿良良木火憐。她是極為勇敢的女孩。雖然我絕對無法和她成為朋友，但我對那種笨小孩有好感。我意外地喜歡小孩，所以我記得她。

嗯，如果是補償那個女孩，我就稍微有點幹勁。

怎麼可能。

她肯定一見到我就痛打我一頓，我為什麼非得為那種囂張的丫頭做事？就算給我錢，我也不幹。

不對，如果有錢拿，我會考慮一下。至少會坐上談判桌。之後視金額而定。

「我討厭被捅。沒辦法，好歹聽妳怎麼說吧。我不一定會照做就是了……」

好奇心戰勝反感。

我說得像是在迎合這個高中女孩。

我不會因為這種程度就亂了分寸。我沒有這種自尊。何況我在這傢伙高一的時候，就沒有對她採取迎合的態度，事到如今裝模作樣也沒什麼意義。

「戰場原，說來聽聽吧。妳要我騙哪裡的誰？聽妳的語氣，對方似乎是我認識的人。」

「千石撫子。」

戰場原這麼說。

這個簡潔的回答淺顯易懂值得嘉許，孰料我完全不認識她說的這個人，因此對我來說是期待落空。

008

我借點篇幅說明戰場原黑儀和我貝木泥舟的相識經過……應該說至今的恩怨吧。我不會說「這始終是我的主觀，所以某些部分可能偏離事實」這種話。

我不可能這麼說。

這種事理所當然無須強調，何況如我一開始所說，我沒有述說真實的嘴。羅馬教會的「真實之口」，據說騙子伸手進去會被咬，實際上卻不會被咬，這堪稱是自相矛盾……總之依照這種說法，我的嘴是虛實之口。

所以別思索我說的有多少真相。

都是謊言。

再怎麼像是真相也別相信。

事情發生在兩年前，戰場原黑儀是剛就讀直江津高中的閃亮高一生，我也還是正值青春的十幾歲年代……不對，應該是四十幾歲？

我以捉鬼大師的身分，接受戰場原母親的委託。是關於她的女兒，也就是關於戰場原的委託。

當時的她罹患體重消失的怪病。明明沒有過瘦，體重卻降到五公斤。

總之是怪病。

如果這不是怪病，就沒有任何病能叫怪病。

她就診的醫院，也登錄她的特別病例。當時院方提供禮金，所以如果只看醫藥費，至少當時並未過度影響家計的樣子。

不對，不是這樣。母親甚至將這筆禮金也用光。

她的母親愚蠢地迷信惡質宗教，連任職於外資企業薪水優渥的父親，也無法應付她的揮霍行徑。

總之，這或許不是值得大肆批判的事。以我的觀點來說，這種行為和元旦參拜的民眾沒有兩樣。

何況這個惡質宗教使我這個「捉鬼大師」接到委託，我感謝都來不及，絲毫不會想責備這個母親。不可能想責備。

後來，我以神通靈媒的身分前來治療戰場原的怪病，竭盡所能將戰場原家的財產吸食殆盡，結果使得她的家庭破碎。

別說治好她的怪病，甚至製造契機害她的父母離婚，造成不可能破鏡重圓的裂痕，還大致接收她母親捐給惡質教會的剩餘款項。發生家庭糾紛時大多是感情用事，金錢觀念會變差，聰明如我好好利用了這一點。

詳細訣竅是商業機密，但我必須坦白，關鍵在於拉攏父母疼愛的獨生女。

總歸來說，就是從青春期孩子，從罹患怪病而軟弱之女高中生的純情下手，利用她的情感，將父母心撼動到任憑使喚，最後逼整個家庭破碎。像這樣回想，我就覺得當時被捅死也不奇怪。

應該說真奇怪。

我為什麼還活著？

總之，我就像這樣能賺多少盡量賺、能騙多少盡量騙，之後頭也不回地一走了之。但我在今年……不對，已經是去年了，我去年基於某個原因再度來到這座城鎮時，遇見更加成長的戰場原黑儀，遇見我早已忘記的她。

遇見令我心想「這傢伙是誰？」的她。

當時我策劃的大型詐騙計畫，不像兩年前那麼順利，被戰場原黑儀與阿良良木曆破壞。基於這層意義，她堪稱已經對我報仇。

她害我的收入泡湯，還禁止我今後踏入那座城鎮一步。不過，我後來從影縫那裡回收了泡湯的收入，所以這部分不成問題，但是對我或忍野這種熱愛自由的人來說，日本某處有個禁止造訪的地方，會造成不少壓力。

即使如此，今後可以永遠不再和戰場原黑儀、阿良良木曆以及沒死透的吸血鬼忍野忍有所牽扯，也堪稱是一項幸運的條件。

話是這麼說，當時逼我做這種保證的戰場原，如今卻主動和我聯絡、見面，甚至提出詐騙委託，簡直亂七八糟。

也可以說是不講理。我應該可以生氣才對。

「阿良良木他……」

我想到一件事，開口詢問。

我基於一片婆心而關心。

「他知道妳元旦像這樣來見我嗎？到頭來，男女朋友在元旦不是應該一起去新年參拜？把錢當成垃圾粗魯扔掉。」

「不准瞧不起我。」

戰場原面不改色這麼說。

「他當然不知道。」

接著，她繼續說下去。

「阿良良木見到你，可能會殺了你。你在那個正義使者眼中是天敵。」

「哼。」

我並沒有瞧不起，不對，應該有，我不清楚，總之她這次似乎是瞞著阿良良木來到沖繩。

即使沒有一起新年參拜，感覺他們應該也會一起度過這一天……不對，這或許已經是早期人們的想法。

或許只要有手機，就不會覺得需要隨時在一起。

我自認總是盡量注意，避免成為一個落伍的騙徒，卻只有代溝難以克服。我嘴裡這麼說，但是上次被戰場原他們阻撓的詐騙計畫，是以女國中生為中心進行。所以才會失敗吧？

不過，只要我自己覺得年紀大了，就代表我還年輕。

人肯定是在感覺到自己以外的某人成長或衰老，才稱得上年紀大了。

「妳說他不知道。換句話說……」

即使和戰場原磨合價值觀，也不會讓我每天的三餐更加美味，所以我決定適度帶動話題。要是事情談太久，我沒辦法從沖繩回京都。

不過我已經觀察人類結束，回京都也沒什麼事做……也對，既然這樣，乾脆在沖繩住幾天應該很有趣。

明明是元旦，換言之明明是寒冬，卻待在足以形容為「炎熱」的這個環境，這樣挺有趣的。穿夏威夷衫也完全不覺得冷。穿著冬裝毛線上衣的戰場原甚至讓我覺得熱。

這傢伙打算今天回去？還是已經訂好旅館？

她不像是行事周密的人。

這傢伙的家鄉，現在應該在下雪。

不過京都已經很少下雪。

「換句話說，妳是瞞著阿良良木來見我。」

「什麼意思？這種事需要刻意確認好幾次……不對，多確認一次？」

「不，沒什麼意思。」

只是忽然想到罷了。

其實我曾經瞞著戰場原見過阿良良木。當時她剛禁止我進入城鎮，所以應該是八月左右的事。

我就是在當時看到戰場原剪頭髮後的照片。

被禁止沒多久又進入那座城鎮，我的臉皮也挺厚的。不過，我後來姑且真的遵守承諾，不再接近那座城鎮，這一點我保證。但我的保證具備多少可信度就不關我的事。總之基於這段經緯，我不由得再度確認這件事。

明明是情侶，卻對彼此有所隱瞞、有所關心，結果做出類似的行徑。這令我想起「男性賣掉懷錶買梳子、女性賣掉頭髮買懷錶鏈」這個故事。或許戰場原也是賣掉剪下的頭髮買錶鏈。

我覺得這樣很蠢。

話說回來，如同每年元旦會到神社參觀，我還有另一個習慣是閱讀感人的愛情小說，或是欣賞熱門的「催淚連續劇」，當成一種養生之道。

欣賞好書、好片、好音樂，確認自己的情感絲毫不為所動。

確認自己毫無情感。

我必須自覺再怎麼樣也不可能成為善良的一般市民，否則人不曉得會因為什麼契機踏入歧途。

關於這方面，各位可以認為我只是深深陶醉於自己和一般人的感性不同。總歸來說，我這時候要表達的是，這樣的戰場原與阿良良木沒讓我有任何感覺。

我，沒有，任何感覺。

應該說我覺得這兩個傢伙可能是笨蛋。應該說我覺得他們是笨蛋。

「所以，怎麼回事？妳不惜耗費和阿良良木在高中生活最後的寶貴寒假，換言之不惜瞞著男朋友，也要成為詐騙的共犯？我不曉得這個千石撫子是誰……是情敵之類的？」

「……到頭來，阿良良木是考生，無論是寒假還是元旦都得埋首苦讀。」

「這樣啊……」

我點頭回應。

我心想這應該是謊言所以點頭回應，沒有繼續說下去。我的人性沒有偉大到配合孩子的虛榮心。

「妳大學考試準備得怎麼樣？」

「我是保送入學，所以和考試無緣。」

「這麼優秀啊，了不起。」

不過，這句附和是我率直的想法。

想到自己考大學時多麼辛苦，就會自然佩服這種優秀的高中生。雖然不會感動，但是會佩服。

戰場原果然不出我所料，沒把大學考試放在眼裡。

然而這樣的女孩居然找我商量事情，這部分堪稱是我看走眼。我甚至想過扔下這句話走人。

但我只是這麼想過。

我點的咖啡與柳橙汁在這時候上桌。感覺有點慢，但當然不需要為此抱怨。

我喝了一口咖啡，戰場原卻完全沒動這杯柳橙汁，甚至沒打開吸管包裝袋。

或許這是她「絕對不接受我請客」的心態表現。

她在學校的成績似乎很好，可惜從這一點來看，她果然是笨蛋。

我怎麼可能請客？

我甚至正在思索如何讓她在最後付這杯咖啡的錢。她沒察覺嗎？

「總之，我不曉得阿良良木的學力是何種程度，但是既然妳陪著他用功，肯定沒問題吧。你們兩人將在春天之後一起成為大學生。」

我沒有加入任何情感，只是為了當個緩衝才這麼說。

「不。」

然而戰場原如此回應。

大概只是想否定我說的一切而否定吧。

我原本這麼認為，但我錯了。

「這樣下去，我與阿良良木無法迎接下一個春天。」

「嗯？」

「我們沒有未來。」

「嗯？」

我聽不懂話中含義而回問。毫不矯飾地回問。

糟糕，我明明在第一印象的對決占優勢，她卻即將掌握話題的主導權。

不過實際上，她這番話確實引起我的興趣。

無法迎接下一個春天。

沒有未來。

這是什麼意思？

「順利的話，我與阿良良木將會在畢業典禮當天被殺。」

「喔……」

我點頭回應，卻不是因為理解某些事而點頭。情報沒增加多少。無論是在高中畢業典禮被殺，還是在大學入學典禮被殺，這部分沒有兩樣。天底下沒有「發生在入學典禮就不驚訝，發生在畢業典禮就會驚訝」的被殺方式。

我認為戰場原正苦於該如何說明。似乎無法決定該怎麼說明她所陷入，或是她與阿良良木共同陷入的困境。

從戰場原的個性來看（這裡說的戰場原是我所認識，兩年前的戰場原），這是很罕見的狀況。

或許有某種深刻的理由。

但是無所謂。

是深是淺都無所謂。

只是她就這麼不發一語，兜圈子沒有說下去，這樣只會令我為難，所以我決定幫她解圍。

原本我想向她收一些手續費，總之看在昔日的交情就大方服務一次吧。

「換句話說，妳與阿良良木招致某種怨恨，即將被那個叫千石撫子的傢伙殺掉，所以妳希望我想辦法說服那個傢伙？」

我如此瞎猜。

這不到推理的程度，我算是抱持著「雖不中卻不遠矣」的心態隨便推測。

「大致是這樣。」

不過，戰場原如此回應。

「你猜對了。」

她的表情出乎意料暗藏尊敬的目光。如果她真的只因為這種程度的預料與推理，就對恨之入骨的我抱持敬意，那這個女人還真好應付。

我抱持著不講理、類似憤怒的情感，心想要不要再騙她一次。但這樣終究太不講理，所以我平息這股憤怒。

以我的個性，或許我其實很高興受到孩子尊敬。既然這樣，好應付的人是我才對。或許只是我度量變大了。既然這樣，我得繃緊一點。

「但妳說妳會被殺，聽起來挺危險的。」

「是的，很危險。這是非常恐怖、嚇人的事……貝木先生，願意聽我詳細說明嗎？」

戰場原突然一副鄭重的態度這麼說。如果這是經過計算的行徑，那這個女人就一點都不好應付，是個恐怖的壞女人。

原本只是冷漠無情的那個高一學生，為什麼會變成這樣？大致是因為我吧。

總之，無論戰場原發揮何種程度的壞女人威力，或是多麼冷漠無情，只要她一直戴著假鼻子眼鏡，再怎麼樣都正經不起來。

「只聽我說也好。如果你拒絕，我就會放棄。我與阿良良木將會乖乖被那個孩子殺掉。如果這是無法避免的命運，那就沒辦法了。不，要是我努力求饒，或許阿良良木會得救。我將其當成唯一的希望，活在僅存兩個半月的餘生。」

「…………」

我覺得好煩。恭敬的態度要是過頭，只會惹人厭。

這終究真的只是在惹我不高興吧。她不可能，再怎麼樣也不可能試圖引起我的同情。

不過……

「好，我只聽妳說吧。畢竟有些事只要說出來就會舒坦，而且順利解決。」

我這麼說。

我的嘴還是一樣背叛我的想法。

明明在這個時間點，我就清楚知道這不是只要說出來就會舒坦，而且順利解決的事。

009

「我剛才說我要你騙一個人，但千石撫子已經不是人。」

總之，戰場原似乎決定從這部分說起。

「喔，真有趣。既然不是人，那是什麼？」

「是神。她成為蛇神大人。這是去年十一月的事。」

「…………」

我一瞬間以為她在捉弄我，但很難想像這女人只為了捉弄我而來到沖繩。

姑且聽她說完吧。

何況不一定沒錢賺。

賺錢的眉目有可能散落在各種地方。

「妳說的成為神……」

雖然這麼說，如果我只是點頭聆聽，戰場原會不得要領講得處處離題（她給人的印象並不是不擅長說明的孩子，不過看來只有這件事，她無法只以自己的主觀述說），所以我決定不時插嘴，讓事情聽起來更加好懂。

以戰場原的角度，看到我主動關心她的事情，她或許會心花怒放吧，實際上卻是相反。我則是努力避免自己失去興趣。

他人有所誤會的樣子很有趣。

所以我才戒不掉騙人的習慣。

「意思是和妳一樣罹患怪病？」

「……嗯，是的，算是怪病吧。畢竟兩者都是神。我是蟹，她是蛇。不過即使同樣是怪病，但我是拜託神，她是成為神。我不得不承認彼此的級數不同。她比較像是無法根治的怪病，我實在無法和她相提並論。」

她這麼說。

莫名其妙。她為什麼擅自解釋並且認同？以為這種自我診斷很帥氣？

既然這樣，妳就認同一輩子吧。

「對，總之是怪病。」

戰場原大概是察覺我的冷淡反應，改為鄭重的態度，做個簡潔易懂的整理。

我明明沒將情感顯露在臉上，這個女人真敏銳。或許是昔日的本事還在。

「你在那座城鎮工作過，所以或許知道？山上有一座北白蛇神社，她現在就是在那裡受人祭祀。」

「……不，我不知道這間神社。」

我如此回答。

因為我知道。

「不過老實說，我不懂『在那裡受人祭祀』這句話的意思。所以千石撫子現在是以實體神的身分接受信仰？」

記得北白蛇神社是一座寂寥、受人遺忘，忍野喜歡的廢棄神社……咦，我為什麼會知道？是影縫還是誰告訴我的嗎？

「以實體神……或是現世神的身分。」

「……和你說的不太一樣。該說她是將神吞進肚子裡嗎……總之千石撫子已經不是人類，是妖怪變化之類。」

「這樣啊……」

那不就和以前的妳，和妳現在的男朋友一樣？我本來想這麼說卻打消念頭。

惹火戰場原似乎也很有趣，卻過於沒意義。誰是人、誰是怪物都和我無關。

我這個人只要有錢賺，甚至可以把路邊的狗當人類看待，甚至願意把魚捧為神，生物學上的分類一點都無所謂。

真要說不是人，沒人比我更不是人。

「……總歸來說，千石撫子成為非常離譜的存在。如果她有心。甚至可以毀掉整座城鎮。她成為這種等級的存在。」

戰場原粗略作結。她大概跳過各種細節。

與其說是因為講得太深入而省略，肯定是因為有些事不能告訴我。

想對我說明，卻不想說出一切，這種做法相當任性，但要是我逼她「要委託就給我說出一切」也同樣任性。

所以我只要知道最底限的情報就好。為此我決定補充詢問幾件事。

「那孩子為什麼會罹患這種怪病？聽妳剛才這麼說，她似乎是妳同學……」

「不是。千石撫子是國中生。」

哎呀哎呀，我這次預料落空。

是我稍微得意忘形？我的格調降低了。不過只造成我要問的問題增加。

「國中幾年級？」

「二年級……貝木，你是故意這麼問嗎？」

「嗯？」

「換句話說，那個……不是一如往常的胡鬧或裝傻，你心裡其實對千石撫子這個名字有底吧？」

「…………」

我聽她這麼說完之後思考。她以這種方式詢問，難道我認識千石撫子？

但我也是頂天立地的大人。或許不是頂天立地，甚至不上不下，至少是只有年齡增長的大人，沒什麼機會認識國中生……

啊啊，原來如此。

或許是這麼一回事。

我懂了。

「既然是住在那座城鎮，住在妳所居住那座城鎮的國中生，換句話說就是我去年騙過的國中生之一？」

所以她才會說「補償」之類的字眼吧。

正因為千石撫子是我造成的受害者之一，戰場原才會莫名其妙提出「我要負責」的亂來要求。

開什麼玩笑。

「嚴格來說，不是。」

不過，當事人戰場原更正我這段推論的細節。

「千石撫子沒有直接因為你而受害，是因為你的受害者而受害。應該算是間接受害吧。」

「喔，如同詐騙造成連鎖破產？也對，詐騙會造成連鎖損害，所以是無法納入個人範圍的社會之惡。」

我說出這樣的玩笑話。我自認這是在開玩笑說「妳沒資格講這種話」，但這番話似乎觸犯戰場原的禁忌。

她像是一把搶走至今沒喝的柳橙汁，接著整杯潑到我臉上。

她的動作行雲流水，我完全無法反應。

只是柳橙汁就算了，但是連杯裡的冰塊都砸在我臉上，所以我先感受到的不是冰冷，是疼痛。

如同受到冰雹襲擊。

我由衷慶幸戴著墨鏡。不過剛買的夏威夷衫溼透了。

女服務生像是要對我高喊般跑來。

「不好意思，這孩子打翻柳橙汁。抱歉麻煩再給我一杯同樣的果汁。」

我先發制人這麼說。雖然上半身溼透，但我以極為冷靜的態度這麼說，因此女服務生也只能點頭離開。

戰場原是激情的個性，卻不會歇斯底里，這部分幫了不少忙。我向女服務生說明的時候，她以冷酷的表情撇過頭去，如同世間發生的一切都和她無關。

總之，再怎麼身經百戰的女服務生，也很難想像身穿夏威夷衫的陽光男性和戴著假鼻子眼鏡的女高中生在認真起口角吧。

我以店裡再度提供的溼毛巾擦臉之後，沉默好一陣子的戰場原開口了。

「別把我當小孩子。」

別把我當小孩子。

她從以前就經常這麼說，不過很遺憾，只要年齡差距沒變少，至少戰場原在成年之前，對我來說永遠都是孩子。

何況她是事後這麼說，不可能基於這種理由就賞我柳橙汁。

不過，追究這一點也沒意義。

我能理解戰場原為何生氣。剛才的玩笑有點過火。我內心事到如今充滿搞砸的感覺。幸好這種印象遲遲沒定型，但我的缺點就是會胡鬧過度。

雖然外表吃了很大的虧，但我的個性實際上和忍野那傢伙沒什麼兩樣。只是我當然不是那種好好先生。

「……對不起。」

又經過一段時間，下一杯柳橙汁端上桌的時候，戰場原道歉了。這真是令人驚訝，驚天動地的事情。

「我剛才那樣，並不是有求於人應有的態度。」

「別擔心，大人不會對孩子犯的錯逐一發火。」

我這麼說。這當然是挖苦。或許我會因而挨她第二杯柳橙汁，應該說是第二顆冰炸彈。我內心有所覺悟，但戰場原似乎在千鈞一髮之際忍住了。

她的右手似乎抖了一下，但我就當成是自己多心吧。我就好心這麼認為吧。無論如何，這個女人具備相當的忍耐力。

不對，或許她是為了心愛的男友而忍耐。

若是這樣就很美麗。

但我就算看到美麗的事物也毫無感覺。

頂多只會理解到「人們應該會覺得這樣很美麗」。

「總之，即使是間接，但依然是你將千石撫子拖進怪異的世界。即使是你這種凶神惡煞，這麼想也會稍微感受到責任吧？」

「沒錯，感受得到，責任感簡直快壓死我了。只有這件事我非得贖罪，排除萬難贖罪。戰場原，告訴我吧，我該怎麼做？」

有句話叫信口開河，但我這時候真的是想到什麼就隨口說什麼，我自己都覺得這種行為很奇妙。我這麼想被戰場原潑柳橙汁？又不是奪冠的棒球隊，而且我也沒興趣將飲料倒在頭上。

「就說了……」

但戰場原很難纏，而且很堅強。她順著我的玩笑話，順著我的失言說下去。

「我要你欺騙成為神的千石撫子，救救我與阿良良木。」

救救我。

我兩年前也聽過這句話。從戰場原黑儀口中聽到這句話。當時她在最後被我狠心背叛，如今她對相同對象說出相同臺詞時，不曉得究竟抱持何種心情。

不曉得她究竟抱持何種心情。

老實說，我甚至無法推測。但我不曉得自己心中哪裡有老實的成分。不曉得我的心在哪裡。

拯救。

我要拯救戰場原，以及阿良良木。

總覺得這段話像是惡質的玩笑話。而且我不討厭惡質的玩笑話，所以心情挺愉快的。

光是聽到這種惡質的玩笑話，就不枉費我專程來到沖繩。要是回去時買一份金楚糕紀念，或許堪稱足以回本。

既然這樣，我或許該回去了。

「妳要我騙神？」

「你做得到這種事吧？你好歹號稱是天下第一騙徒，我反倒想問你怎麼可以做不到這種事。」

沒人這麼號稱。希望她不要擅自謊報別人的頭銜……我是小氣的騙徒。

「怎麼了，沒自信？」

這種挑釁真廉價。跳樓大拍賣。

所以我將戰場原這個問題真的當成問題接受。我偶爾也會率直接受他人的說法。但我不曉得這種「偶爾」為何會在這種時候出現。

「有。應該說只是騙神不需要有自信。天底下沒有我騙不過的對象。」

糟糕。這樣我不就等於自稱天下第一騙徒？我究竟在說什麼？

「所以你可以騙過那個充滿殺意的孩子，巧妙說服她，讓我和阿良良木活下去吧？」

「可以。」

即使我已經察覺失敗，我的嘴卻不知為何依然不改態度，還說得更加自以為是。怎麼回事？為什麼？我的嘴是我的敵人嗎？

「嚴格來說，應該是讓我、阿良良木，以及身為阿良良木蘿莉奴隸的金髮女生活下去。」

「易如反掌。蘿莉奴隸再多五個也完全沒問題。」

我的嘴在這裡停止失控。這煞車真不靈。

「這樣啊。那麼……」

「不過，我只是做得到，和要不要做是兩回事。」

戰場原還沒說下去之前，我就重整態勢。開什麼玩笑，我可不能隨著這種莫名其妙的演變起舞。

我的行動由我自己決定。

「到頭來，我騙人是為了錢。既然賺不到一毛錢，我為什麼非得騙那個千石撫子？即使她是神，欺騙女國中生也讓我良心痛得無以復加。」

「錢……」

戰場原有些支支吾吾地回應。

「……我當然會付。」

「哼。但我不認為妳的付款能力，足以讓妳說出『當然』這兩個字。」

「請不要以貌取人。我後來中彩券變成有錢人。」

「那太好了。」

我不打算陪她胡鬧，所以適度點頭帶過，腦中則是在想另一件事。

我抱持著遊玩的心態試算。

假設成功騙過神，我究竟能賺多少？那座神社是毀滅之後重建，我不認為擁有多少資產。應該說土地與建築物始終是人類的東西，神應該沒有財產。

而且，她是國中生。

如果是去年的大規模計畫就另當別論，但是搜刮單一國中生的零錢，完全無法成為多大的金額。

換句話說，我幾乎不可能從欺騙的對象——千石撫子本人身上獲利。這是賺不到一毛錢的白工。

以我的觀點來說，白工不是勞動，是遊戲。我沒道理和國高中生開心玩樂。

「我會付錢。」

戰場原再度這麼說。與其說是再三保證，更像是如果沒這麼說就無法繼續和我談下去。

如果她這麼認為，那她是對的。

因為我唯一會和國高中生開心玩樂的理由，在於彼此的關係和「錢」有關。如果領得到時薪，我甚至願意當保母。

極端來說，只要賺得到錢，我甚至覺得不划算也無妨。嘲笑一圓的人會因為一圓而哭泣。

……題外話，「嘲笑一圓的人會因為一圓而哭泣」這句諺語，當初成立時的說法似乎是「嘲笑一錢的人會因為一錢而哭泣」。那麼配合時代換算，或許遲早會因為通貨膨脹變成「十圓」或「百圓」。即使如此，我還是會珍惜每一分錢。

而且，我想在最後抱著錢而笑。

「總之，我可以準備十萬圓現金……這是我請忍野先生協助時支付的金額。是忍野先生幫我治好怪病時……」

「既然這樣，妳這次也付同樣金額拜託忍野吧。」

我冷淡地這麼說。

雖說冷淡，但以結果來說，我覺得其實是為對方著想的親切忠告。明明沒拿錢卻親切忠告，真丟臉。我沒資格當騙徒。

「……我找過忍野先生，卻找不到他。羽川同學甚至幫忙出國找……」

「…………」

羽川？我對突然出現的陌生名字稍微起反應，換句話說就是顯露出感情。

總覺得這個名字毫無意義地（或許具備意義）令我產生類似反感的情緒。

「羽川同學是我的朋友，同班同學。胸部很大的女生。」

戰場原似乎敏感察覺我的反應，以極為冷淡的語氣說得如此戲謔。

我不曉得這是在幫什麼東西打圓場，總之挺好笑的。

應該說，因為戰場原形容得很奇怪，使我沒能掌握這個為了朋友出國找人的羽川是何種形象。難道胸部的大小具備此等價值？如果我是波霸，騙徒這個頭銜或許會飛到九霄雲外。

無論如何，戰場原巧妙阻止我對羽川這個女孩伸出魔掌了。挺有一套。

「忍野他……」

我開口了。這也是我希望她付錢買的情報，不過既然她透露羽川的情報，我回以忍野的情報應該算是扯平。這筆交易勉強在我心中成立。

「要是真的想隱匿行蹤，任何人都找不到。那個傢伙的行動模式和我酷似，不同之處在於那個傢伙討厭文明。討厭文明的人很難留下紀錄，所以無法追蹤。應該說這是世界演變成資訊社會的弊害吧。」

「是的，基於這一點，你很好找……貝木，你是不是揮霍過度？你現在有多少錢？該不會比我窮吧？」

多管閒事。

應該說，她這是無謂的操心。

我沒有落魄到必須讓高中生擔心經濟問題。地上有錢我當然會撿，不過這和我荷包有多少錢無關。

至少我沒比戰場原窮。肯定沒有。除非這傢伙真的中彩券。

「總之，我沒欠債。不過我的工作經常失敗，像是會被高中生妨礙……收支加起來大概是剛好平衡或稍微賺一點的程度，也就是所謂的勤則不匱。」

「雖然我知道答案，不過貝木，容我姑且賭上奇蹟般的機率問一下。」

「什麼事？」

「你願意因為曾經造成我與阿良良木的困擾，並且為了補償千石撫子，免費幫我這一次嗎？」

「天地倒轉都不可能。」

「我想也是。」

我不加思索就如此回應，似乎反而讓戰場原接受，但她其實有可能誤會，換句話說，戰場原事到如今還可能對我的良心或人性賭一把，所以我決定將她這種念頭去除乾淨。我或許很好心。

「不只是不可能，我甚至再也不想和妳或阿良良木打交道。我不會狠心說我甚至不想看見你們、聽見你們的聲音，但我只是沒說。我很膽小，不想應付你們這種莫名其妙的人，更沒必要補償那個叫千石撫子的陌生人。」

「十萬圓……不夠？」

「總之……嗯……不夠。」

我姑且在腦中打響算盤之後這麼說。

我還沒聽細節所以無法斷言，但是欺騙神肯定需要大規模的布局，而且失敗時的損失恐怕也很大。

坦白說，這種程度的委託，連那個好好先生忍野或許也會拒絕。我這個壞壞先生更沒道理答應。

十萬圓當成訂金都不夠。

換句話說，沒什麼好談的。

「所以……具體來說，我要付多少錢，你才肯騙千石撫子？開價吧。總之十萬圓當成預付款，我自認準備的總額不會失禮。」

「看來妳面臨生命危機終究很拚命。還是說這是珍惜愛人生命的情感？如果妳能支付的金額，只夠拯救妳或阿良良木其中一人的生命，妳會選擇拯救誰？」

「那還用說，當然是阿良良木。」

「……哎呀哎呀。」

戰場原符合我的推測如此回答。

無論真正的想法如何，如果這時候不是這樣回答，她就不是戰場原。至少不是我所知道的戰場原。

我有種安心的感覺。看來人類即使想要改頭換面，本性依然難移。

不過，戰場原下一段發言令我打從心底失望。

「貝木，麻煩提供具體金額。無論是多少錢，我都會付。距離畢業典禮正確來說還有七十四天。既然還這麼多天，我就不是無法準備一大筆錢……不然我甚至不惜賣身。」

我沒有一絲道德上的猶豫，就將還剩半杯的咖啡潑到戰場原臉上。

她或許是開玩笑，也可能是討價還價的話術，而且應該是後者，但是這種事和我無關。

這傢伙應該藉由這個機會學習到，世界上某些對象不適用這種討價還價的手法。基於這層意義，要不是隔著一張桌子，換句話說如果距離再近一點，我應該會直接賞她一拳。想到這裡就覺得她運氣很好。畢竟咖啡也涼得差不多了。

剛才那個女服務生，這次又跑過來想確認發生什麼事。

「洗手間在哪裡？」

我搶先這麼問。我再度先發制人，並且依照指示離開。留在原地的女服務生似乎在詢問戰場原發生什麼事，但戰場原應該完全不會說吧。

我進入洗手間，慢慢走到鏡子前面。

這是一個戴墨鏡、穿夏威夷衫的陽光男性——結果只有我一個人這麼認為，照鏡子一看就發現這副模樣實在陰沉。

或許穿著打扮無法連人性都改變。

如果是阿良良木，肯定還是會斷言我這副模樣是「不祥」吧。

我取下墨鏡，掛在夏威夷衫胸前。這是電視上經常看到的墨鏡「放置法」。

「接下來是自問自答。」

我這麼說。

這種用詞應該不太對，但這是我進入「領域」所需的儀式。

「我想為戰場原與阿良良木免費幹活嗎？我會不忍心看著昔日的對手們悽慘遇害嗎？」

我可以立刻回答這個問題。

「NO。絕對不會。搞不好我會覺得舒暢痛快。」

實際上，我應該只是毫無感覺吧，但我顯露出必要以上的惡質態度這麼說。這麼問或許是白費力氣，不過當成 Bra-Sto 就不算是白費力氣。

順帶一提，這裡提到的 Bra-Sto 是腦力激盪(Brainstorming)的簡稱，再怎麼樣也絕對不是蛙式(Breaststroke)。

「那麼，我可以為了千石撫子這個疑似罹患怪病的女孩免費效力嗎？」

這個問題，我也可以立刻回答。

「ＮＯ。那個傢伙是誰？我不認識。」

既然這樣……

「如果秉持著想為昔日欺騙的純情女孩戰場原贖罪的念頭，那又如何？不是當成對手，而是當成舊識。我會想為戰場原個人或是戰場原家做些什麼嗎？」

我繼續試著如此詢問。

「ＮＯ。我沒這種念頭。我對這件事毫無感想。」

但依然只得出這個答案。

「即使我的詐騙害得良家姑娘非得賣身，我應該也絲毫不會更改我的生活方式吧。」

我如此補充。這種心態的我居然對戰場原潑咖啡，我對自己感到無奈。不，沒有無奈。這種程度的矛盾，我當成自己的行事風格強行嚥下。

這就是我。這是我。

「那麼，阿良良木呢？對……我曾經欺負過那個傢伙的妹妹，也曾經為了從影縫那裡拿錢而賣掉那個傢伙的情報。就拯救那個傢伙的小命當成小小的回禮，也就是當成找錢，這樣如何？」

鏡子裡的我做出回應。

「ＮＯ。即使要找錢，再怎麼樣也不划算。這筆錢早就在我來到這裡時當成交通費用光了。」

就算我是用預付的貴賓通行證負擔機票錢，前往機場的公車錢以及購買夏威夷衫與墨鏡的必要支出，也把這筆錢用掉了。

「此外……對了，叫作羽川的女孩呢？她為了朋友遠赴國外，當成被她可嘉過度的行徑打動內心怎麼樣……或許那個女孩家裡非常有錢，從那傢伙的父母那裡索取禮金如何？ＮＯ。」

我連一瞬間都不需要思考。甚至不需要換行。

我心中對羽川這個名字響起警報聲。這種警報聲只會在遇到絕對不能有所牽扯的天敵中之天敵才會響（對，就是初次遇見臥煙學姊時響起的聲音），但我光是聽到這個女孩的姓名，聽到這個姓氏就觸動這個警報裝置。在這次的工作出現羽川這個名字，對我來說甚至有害無益。不過既然我偏向於不接這個工作，我反倒該說這個名字對我有益，我反倒應該以此為理由大方拒絕。

嗯，不行。我怎麼想都找不到接下這份工作的理由。要是毫無利益就接受，我只會吃虧。

既然這樣，我該怎麼做？

「……啊，對了。」

我在此時想起來了。因為羽川而思考各種事情時，我一時大意聯想到臥煙學姊，不過這麼說來，那個人在那座城鎮。

臥煙學姊的外甥女，也就是臥煙學姊的姊姊——臥煙遠江的遺孤，那個獨生女住在那座城鎮。記得現在改姓叫作神原駿河。

她本人應該沒自覺到是臥煙家的一員吧。即使如此，她依然是臥煙遠江的女兒，這個事實無從撼動。

對了，而且這麼說來，上次到最後沒能見面的神原駿河，是直江津高中的學生，而且曾經和戰場原的交情很好。

我兩年前聽說過，她國中時代只有一個堪稱好友的對象。

當時好像被稱為聖殿組合還是女武神組合……

我就是在那個時候，第一次聽到神原駿河這個名字，第一次知道這號人物。當時神原的左手當然只是普通的左手，我沒有出場的餘地，也覺得只要她活得健康就好……

戰場原黑儀與神原駿河。

她們現在依然有來往嗎？

應該有。雖然這個推測有點恣意，但我有根據。我和阿良良木初次見面的地點就在神原家門前。

要是阿良良木和神原有交情，當然可以認定戰場原也和神原有交情。即使後者不成立，至少神原確定和阿良良木有交情。

我不曉得他們的交情是否良好……但神原是臥煙學姊的外甥女，是臥煙遠江的女兒，要是她大致繼承了臥煙家的個性，那她肯定和阿良良木這種人合得來。

我如此認定。

「…………呼。」

我呼出一口氣。這是深呼吸。

接著，我終於朝鏡子提出最後一個問題。

「如果是為了神原駿河，我可以拯救可恨的戰場原與阿良良木，欺騙千石撫子嗎？」

我回答我的這個問題。

「YES。」

010

回座一看，戰場原已經取下假鼻子眼鏡，或許是為了擦咖啡暫時取下，並且在取下之後回神發現「這樣不對」。

不過她態度依然冷酷，感覺不到這種內心糾葛，也感覺不到曾經被當面潑咖啡，了不起。

「戰場原，我就接受吧。」

我說著坐下。

我有點在意聲音是否變尖或變怪，但是在意這種事也沒用，而且越是注意越容易出問題，所以我放棄思索。惰性放棄。

要是內心亂了分寸，就只是亂了分寸罷了。

無所謂。

我知道自己現在的行徑不像我的風格。

「接受……」

戰場原朝我投以疑惑的眼神。

我懂她的心情。非常懂。

我都想為我自己震驚。

「接受什麼？」

「妳的委託。不然還有什麼？我就騙倒那個神吧。」

「……你發神經？」

戰場原說得很失禮，但我還是只能說我懂她的心情。沒有其他意見。我在這方面全面贊成戰場原。

「沒發神經。總之先交出可以立刻給的十萬圓現金。」

「…………」

戰場原毫不隱瞞自己強烈的突兀感，卻依然按照我的吩咐，從包包取出褐色信封放在桌上。

我確認信封的內容物。

確實是十張萬圓鈔。沒用報紙充數。

……這個時代應該也沒人這麼做了。

「好吧，就這個金額吧。」

「……不，這始終是預付……是定金……」

「我說這個金額就夠了。」

我這麼說。加重語氣這麼說。

「要是我當真依照工作應得的金額請款，妳賣身都不夠付。再怎麼辛勤賺錢都不夠付。這筆十萬圓，我也只是當成必要經費收下。我已經死心決定做白工，但我可不想虧本。如果必要經費超過十萬圓，我會另外請款。可以吧？」

「可是……這樣的話，這樣……」

戰場原表現出猶豫的樣子，我推測她並不是因為廉價雇用我而內疚，單純是「不想欠我人情」的想法比較強烈。

這是正確的戒心。

但我不打算深入討論這一點。要是貿然交談下去，我改變主意的危險度非常高。我明明剛才做出那種事、講出那種話，不過一個不小心就可能要求戰場原即使賣身也要籌錢。

我就是這麼不信任我的人性。

真要說的話，我比戰場原更不信任我自己。

為了說服戰場原，應該說為了早點結束這個話題，我打算講些冠冕堂皇的話語感動她，藉以轉移話題焦點（例如「我無法忍受你們死掉」這樣？不對，依照最近的風潮，應該說「我可不是為了你們這麼做」之類），但這個作戰實在不像是可以順利成功，所以我作罷。

我個人認為，女性比男性更討厭這種冠冕堂皇的話語。大概是因為女性比男性更容易被迫去做一些冠冕堂皇的事，因而知道冠冕堂皇的事多麼醜陋。

所以我決定強行結束關於金錢的話題。對我來說，這種事罕見到空前絕後。

「總之費用話題到此為止，完全了斷。我對妳收的這十萬圓只是必要經費，如此而已。要是經費超過這個數字，我會另外請款。如果沒用完，我不會計較這麼多，會接收剩下的錢。我只以這個條件接受委託。」

「……知道了。」

戰場原醞釀出非常不情不願、無法接受的氣氛，但最後還是點頭同意。排除我的人性來推測，這肯定是破格的條件。

她就是正因如此才會警戒吧，不過到頭來，這傢伙之所以聯絡我，肯定是抱持著「溺水者連一根稻草也想抓」，應該說「死馬當活馬醫」的心情，原本應該要覺得自己很幸運。

不過，溺水者抓到的究竟是稻草還是陷阱和我無關，我也不保證能成功。

雖然和我剛才自豪的宣言相反，但若要說出我的真正想法，我實際上是想做卻無法斷言做得到。我從小時候騙過幼稚園老師至今騙過許多人，卻終究沒有騙過神。

「那……容我把委託內容說詳細一點吧……」

「不，戰場原，不要由妳述說詳情。我的工作風格和忍野不同。要是將私人隱情或情感加入考量，事情會變得複雜難處理。」

這麼說來，我取下的墨鏡也一直掛在夏威夷衫胸口。我戴上墨鏡這麼說。

關於這次的委託，我終究不會說她肯定會以主觀方式敘述，不過凡事都不能只從單方面來看，這是我總是掛在嘴邊的論點。

這也是我和忍野的差異。

忍野雖然不到單方面的程度，卻會重視各人的立場與原則，就某方面來說討厭客觀的角度。

但我好一陣子沒見到他，不曉得他現在是否依然如此。

「我自己調查詳情與細節。總之我光靠妳至今說的部分就能掌握概要。」

實際上並沒有掌握，處於完全沒掌握的摸索狀態，但是至少要這麼說才能充分達到虛張聲勢的效果。最好讓她覺得我很可靠。雖然不需要得到她的信賴，還是得讓她相信我到某種程度，工作才能順利進行。

除了這個原因，若是有小鬼在我的職場晃來晃去，只會害我煩到不行。

「不過，我當然想確認幾件事。方便吧？」

「呃，嗯。」

點頭回應的戰場原，看起來有點失去鎮靜，大概是事情進展過於順心如意而感到不安。總歸來說，這傢伙兩年前也是這樣，對幸福或幸運的抗性極端地差。

雖然面對逆境很堅強，卻只是如此而已。

其實這種人出乎意料地多。她這種人活在這個社會應該很堅強，卻是不會成功的類型。

我擔心起戰場原的未來。即使她在這次危機得以活下來，將來也不曉得會變得如何。

總之，和我無關。一點都無所謂。

「剩下的天數是七十四天，確定沒錯嗎？俗話說傳聞只傳七十五天……這是包含今天的數字吧？」

「是的。直江津高中的畢業典禮是三月十五日。當天下午，也就是畢業典禮結束之後，我、阿良良木與忍野忍甚至不被允許舉辦慶祝會就會被殺。」

「絕對？肯定是這樣？比方說神會不會耐不住性子，在今天的這一瞬間就殺掉妳？」

「我覺得不會。」

「為什麼？極端來說，包括像這樣來找我商量，妳以及阿良良木應該一直在思索各種方式讓自己活下去吧？這肯定是違反神意的行徑。妳再怎麼樣都無法否定對方可能火冒三丈，在期限之前就收拾你們吧？」

我認為就算是神也不一定會守約，因而提出這個疑問。

「可以否定。」

但是戰場原如此斷定。

「可以否定。因為千石撫子現階段已經憤怒無比，我與阿良良木卻還活著。這就代表她好歹打算守約。到頭來，她肯定正是在做出這個約定的時候憤怒到極點。」

「……這就是我最想問的部分，是一定要聽妳親口說的部分。妳和你們究竟為什麼招致千石撫子的憎恨？究竟是做了什麼事惹上殺身之禍？」

即使是間接，千石撫子依然是我的受害者，如果是這件事造成這種現狀，千石撫子該殺的或許是我。

不對，能夠成為神，能夠罹患這個堪稱偉業的怪病，如果是讓那個國中生高興的事，那她或許應該感謝我。但我很難想像神居然會預告要殺害特定對象。

比方說，如果我破壞了今天前往的京都神社，或許會遭受天譴，但應該不到被殺的程度。

那麼，是什麼？

阿良良木與戰場原將被殺害的理由是什麼？

他們將被千石撫子殺害的理由是什麼？

「這……」

戰場原這麼說。不對，嚴格來說，她沒說。

「……我不知道。」

因為她如此回應。

「喂喂喂，怎麼可能不知道？」

「真的不知道。不，該怎麼說……當然有一些可能的原因，或是基於失敗、意見相左、誤會、誤解等等……不過該怎麼說，我不知道是否光是這樣就造成這種狀況……真相似乎在我與阿良良木理解層面完全不同的另一邊……不過這段話是我從羽川同學那裡現學現賣的。」

又是羽川。

我試著再度想像羽川這個人，卻只冒出波霸的印象。真恐怖。

「即使如此，我姑且提供一個可能性當成頭緒，你可以認定這是戀愛問題。千石撫子成為神之前喜歡阿良良木，但阿良良木已經有女友……像是這樣。」

「……真低俗的原因。」

我述說感想。我不知道這是不是自己正直的想法。我似乎覺得這樣低俗，也似乎不這麼覺得。

「好吧，知道這些就夠了，之後我自己調查。不過，我姑且做個確認……這種事無須多說，我這麼問就很荒唐，不過這次可以當成例外吧？」

「嗯？你說的例外是指？」

「也就是說，我可以進入你們的城鎮吧？總不可能要我當個安樂椅偵探相隔兩地處理吧？就算妳這麼要求，但我連安樂椅長什麼樣子都不曉得。」

「……那當然。這次是例外，應該說你可以當成特例自由行動……但你自己要小心。不少人對你懷恨在心。麻煩別被國中生痛毆之後成為無名屍被發現。」

這女人講得真恐怖。聽她這麼說，我就不想去了。光是來到沖繩之後又要去雪國，我就已經有點卻步。

總之，這件夏威夷衫應該派不上用場了……記得忍野整年都穿夏威夷衫。那個開朗的傢伙或許心中永遠是夏天，與其說是夏威夷更像巴西。

「雖然是理所當然，但麻煩別被阿良良木發現。」

「嗯……也對，總之我也不想見到那個傢伙……因為先不提那個傢伙，蘿莉奴隸可能會殺我。」

此外還得提防阿良良木的妹妹。阿良良木火憐。馬尾妹。但她現在不一定是馬尾。

「好，明白了。我今天就立刻動身調查吧。話是這麼說，不過戰場原，別以為一兩天就能解決。我終究不打算將七十四天用完，但至少要一個月。」

「……嗯，我覺悟到這將是長期抗戰。應該說已經是長期抗戰了。不過麻煩經常保持聯絡。雖然委託你工作還講這種話不太對，但我不可能全盤信任你。」

「這樣就對了。不准相信，要懷疑。」

我說到這裡，拿起咖啡要一飲而盡，卻忘記剛才把咖啡潑在戰場原臉上，杯子早就見底。

「既然這樣，我留在沖繩的計畫到今天為止。」

我回想起自己一直待在沖繩的設定如此回應，在腦中綿密擬定今後的計畫。綿密……不過綿的密度應該高不到哪裡去。這也很像我的作風。

「得在今天搭飛機前往你們的城鎮……和妳搭不同班機應該比較好。要是阿良良木知道我和妳搭同一班飛機，真的不是鬧著玩的。」
「嗯，也對。話說回來，貝木。」
「什麼事？」
「那個……方便借我回程機票的錢嗎……」

011

我將這個時期同時進行的五、六個詐騙計畫全部放棄。放棄，並且銷毀。當作原本就沒做過這種工作。不過這或許也是我說的謊言。

總之，我拿回程機票的錢給戰場原黑儀，總之先送她登機，然後前往機場裡的便利商店買筆記本與筆。

記事本的話有點小，其實我想要約Ａ４大的筆記本，可惜便利商店沒有這種尺寸。到東急HANDS或LOFT這種生活雜物連鎖店就買得到，不過沖繩沒有這兩家的分店。

在等待下一班飛機時，我迅速進行準備。我終究不能直接住在那座城鎮，所以我在有點距離、搭電車要數十分鐘的鬧區飯店訂房。

總之先訂一週。

我覺得沒必要所以沒使用假名，不過貝木泥舟這名字本身就像是假名。我居無定所，住址欄位只能造假。

依照計算，光是飯店住宿費就將十萬圓用光（嚴格來說，這十萬圓還得扣掉戰場原的機票錢），但我經常用到交通費與住宿費，這次就不列為經費吧。

話說回來，戰場原居然沒準備回程機票錢，做事也太沒計畫了。

也可能是對她來說，我接下這個委託如此出乎她的意料。畢竟只要我拒絕，十萬圓就可以完整留在她手中。

但也可能單純是她沒什麼金錢概念。因為即使現在窮困，那個丫頭以前也是有錢人家的獨生女。

此外我打電話到各處，進行聯絡與收集情報的步驟，忙到一半就到我搭機的時間。雖然勉強能在今天之內抵達當地，但已經是深夜，所以即使我說今天開始行動，實際上的行動與實質上的調查應該是從明天開始。

既然這樣，我想在這之前完成計畫。

我非常喜歡擬定詐騙計畫。何況這次是欺騙神的大案子，我當然充滿幹勁。計畫性的詐騙行徑，和我平常下意識說出口的謊言不同，甚至是一種藝術。

唔哇，我說得好假。真丟臉。其實我明明只是行事小心……

不過，我從學生時代就喜歡擬定「暑假計畫」之類的東西。這是真的。或許很像謊言卻是真的。是可能為真的謊言。總之無所謂，我只是試著亂講一通。

我利用登機時間與後續的飛行時間逐步思考。打開筆記本，將跨頁的所有版面拿來畫地圖。

地圖。

那座城鎮的地圖。

暫時解除禁令，獲准進入的城鎮地圖。

某些部分得依賴模糊的記憶，但我半年前也畫過這張地圖，所以不太費力。

何況雖說是地圖，也不需要精準畫出距離或位置，只是當成概要，用來以圖樣想像狀況的工具。

想像。

總歸來說，就是我自己心中的地圖。

所以與其說是地圖更像插圖。

雖然因人而異，但我用畫圖的方式，比較能想像事物。

我畫下依稀記得的北白蛇神社位置、千石撫子人類時代所就讀七百一國中的位置、戰場原與阿良良木所就讀直江津高中的位置、神原家的位置、阿良良木家的位置。阿良良木曆的妹妹就讀的栂之木二中距離比較遠，應該不用畫。不對，即使如此還是畫下來以防萬一。此外包括可能有用的情報、可能沒用的情報，都畫在純白的跨頁紙面上。

像是戰場原或阿良良木，若是我記得長相的傢伙，就會加上簡單易懂的Q版肖像圖。尤其這兩人只寫姓氏的話，字面看起來有點嚇人。

畫成圖就是可愛的孩子。

不只他們兩人，只要是我當時騙過而且有印象的國中生們，我當然也俐落畫在上面。

畫滿這面跨頁之後，我在下一個跨頁畫上範圍較小的地圖。如果上一頁是整體地圖，這一頁就是部分地圖。比例尺依然亂七八糟，但是不用擔心，要是我想知道正確距離，打開智慧型手機的地圖程式就好。

我在機上做這種事情時，有時候鄰座乘客會以詫異目光看我，但我不在意。反正他們看到我內心的想像圖也不明就裡。如果是被看見終究不太妙的部分，我會進行某種程度的編碼。

在可愛插圖的輔助之下，或許鄰座乘客出乎意料以為我是漫畫家。

這麼說來，我大學時代拿過這種想像圖給臥煙學姊看。

「感覺好像美少女遊戲的攻略圖。」

她這麼說。

當時我不太高興，所以好一段時間停畫。但是我無法習慣其他方法，所以沒多久就恢復這種做法。

我寫著寫著、畫著畫著，幾乎填滿整本筆記本，飛機也剛好抵達當地。

這裡果然積滿雪，整面都是雪景。我看到這一幕只覺得冷，沒有為此感動的感性。我確認這一點之後，姑且打電話給戰場原。

「到了。」

「謝謝。拜託你了。」

「嗯。」

只進行這樣的交談。

如此而已。

012

我還以為自己到飯店登記入住、洗個熱水澡、喝個小酒睡到天亮之後會完全失去工作意願，但是沒有。看來我的引擎已經無視於我、戰場原或任何人的意志自行運作，這麼一來就再也沒人能阻止我。

假的。

我隨時打算收手，所以反倒以充沛的動力挑戰。可以的話，我想在工作過程找機會見臥煙遠江的遺孤一面，但這次無法如願。

或許並非無法如願，但還是打消念頭吧。

既然非得祕密行動，就應該避免無謂的接觸，應該避免有所交集。就依照至今的方針，乖乖等待神原駿河離開城鎮的那一天吧。

今天是一月二日。

大部分的店在這一天還沒開，已經是往昔的狀況。在這間旅館所在的鬧區，正處於迎春大特價的氣氛。

我想趁機採購一些東西。

混入蜂擁想買福袋的顧客人群，老實說令我不耐煩（並不是討厭擁擠。我喜歡人多的地方，卻非常討厭混在裡面成為一分子），不過想到這是工作就能忍耐。詐騙不是輕鬆賺錢的手段，是狡猾賺錢的手段，換句話說需要耐心與毅力。

追根究柢，我只為了欺騙一個女國中生就使出全力，這種行徑頗為瘋狂，但是就當成投資吧。我不曉得是對什麼東西進行何種投資，總之只要當成投資，我可以忍受大部分的事情。

剛過十點時，我在門把掛上「請勿打擾」的牌子，前往城鎮。

我平常總是梳成西裝頭髮型，但這天不是。不是因為懶，是必須如此。

我一邊購物一邊思索。

基本上，我做任何工作都以獨自進行為原則，卻不代表我不會找人協助。各位或許覺得這兩種說法一樣，但是完全不一樣。換言之，我會找人協助，卻不會協助對方。我喜歡這種關係。

而且這次（除去追根究柢只是要騙一個女國中生這一點）尤其是件大案子，我不免覺得最好找人協助。

我在昨天就向情報販子或萬事通之類的人提出必要最底限的委託，不過可以的話，我想找一兩個當地人幫忙。我非得隱瞞身分行動，所以行事不太自由。

以騙徒來說，「找人幫忙」是相當謙虛的說法，說穿了只是利用別人，但我不會使用這種假惺惺到無謂的形容方式。我並不是要他人義務為我做牛做馬，我大方認為付個一萬圓也無妨。

當地人……

首先浮現在腦海的當然是神原駿河，不過我已經決定在這次打消這個念頭。既然這樣該找誰？

我回想昨天畫在筆記本上的肖像圖。

然後，我覺得火炎姊妹是不錯的選擇。阿良良木曆的妹妹——阿良良木火憐與阿良良木月火。我不知道月火長什麼樣子……但聽說她是那座城鎮所有女國中生的崇拜對象。我上次在那座城鎮布下詐騙計畫時特別提防她，不過這個警戒網不知為何被突破。

在昨天的時間點，我覺得這兩個人也和神原一樣，基於和神原不同的理由，是絕對得避免遭遇的對象（尤其是姊姊火憐），但我立刻改變想法。

即使擬定計畫，也不代表事情會依照計畫進行。只是擬定計畫很快樂罷了。或許我出乎意料稍後就會立刻去見神原。

應該說，先不提我的個性，不只是基於想要嘗試刺激的想法，實際上要是能找這兩人幫忙，確實可以相當好辦事。雖然上次誓不兩立使我相當害怕，但要是拉攏她們站在我這邊，就是應付女國中生時最可靠的助力。

總之考慮看看吧。

只要確定找她們幫忙也不會被阿良良木得知，這種想法付諸實行也不壞。目前還只能歸類為妄想。

我準備完畢之後，終於啟程前往那座城鎮……在這之前非得做一件事，就是換裝。不只是為了禦寒。我沒梳頭髮也是這個原因。總歸來說，我想扮裝之後再進入那座城鎮。話說回來，戰場原平常總是形容為「喪服」的打扮才比較像是扮裝吧。

我當然不是想說「穿夏威夷衫的我才是真正的我」，但也不能把那套漆黑服裝當成我的一部分。不對，在這種場合，他人這麼認為會對我比較有利。

我穿上在鬧區買的淺色西裝、打上領帶，打扮成一般上班族的樣子之後，終於搭電車前往那座城鎮。

前往現在由蛇神統治的那座和平城鎮。

013

我對戰場原說大約要一個月，但是實際上，基於我個人的喜好，我不喜歡拖泥帶水。

耐心當然很重要，不過要是可以俐落解決，我就想俐落解決。我重視速度。所以我決定劈頭就先從主城著手處理這件事。

那麼，這個案子的主城在哪裡？

其一應該是北白蛇神社。不過，打從一開始就前往那裡，終究是超越魯莽的愚蠢行徑。與其說天不怕地不怕，這種想法更可怕。

既然這樣，就得去另一個主城，先從那裡著手。感覺主城有兩三座似乎挺奇怪的，總之另一個主城是千石撫子家。

首先掌握目標對象的個性，就可以決定今後的方針。因此我離開車站之後，就這麼徒步直往千石家。

話是如此，但我不曉得千石家在哪裡，所以我憑直覺挑個方向前進，並且打電話給戰場原。

「什麼事，有進展嗎？」

「剛準備結束，接下來要採取行動……總覺得妳那邊有點吵，今天才初三，妳跑去哪裡？」

這是多餘的問題。工作的人是我，我甚至不希望戰場原無謂插手，所以那個傢伙在哪裡做什麼，明明和我無關才對。

「阿良良木家。」

戰場原如此回答。

明明不用回答。

「我是受邀過來的。伯父也在家，總之就是和對方家庭打交道……」

「真令人會心一笑。」

「拜託別這麼說。因為我知道自己在做多麼悠哉滑稽的事……」

戰場原以消沉的聲音這麼說。她難得使用這種語氣。

原來如此，難怪她那裡很吵，而且她講話音量這麼小。我覺得既然這樣，她其實可以別接電話，只是這件事攸關她與男友的生命，她應該沒辦法這麼做。

不過，我雖然認為阿良良木與戰場原這樣很滑稽，卻不覺得悠哉。即使七十四天後……啊，已經是七十三天後，總之即使確定在不久的將來會死，也不能疏於處理人際關係。

至少在覺得會得救的時候是如此。

「我想知道千石撫子的住址。就是她原本居住，設置戶籍的地點。雖然我查得到，但我想立刻知道。寄手機郵件告訴我。」

總之，他們的複雜心境與隱情一點都無所謂，所以我只告知用意。

「千石小姐……千石撫子的住址，我當然知道。」

我沒聽漏她剛才以「小姐」稱呼千石撫子。我不曉得這是基於什麼意義的口誤，但我姑且將這件事留在心中。現在還不知道這是不是派得上用場的情報，但是不知道也無妨。

「但我不曉得你的郵件地址。」

「我現在說。手邊有紙筆嗎？」

「沒有，不過只要你說，我就記得住。」

真是聰明的孩子。

我覺得有點不高興，所以故意將郵件地址講得又快又不清楚。我也不曉得要是沒有正確傳達該怎麼辦，但戰場原輕易就正確複誦。

我這次佩服她真的很聰明。

不過，想到這個聰明女孩深陷的困境，就不得不說這個世界不講理。不，慢著，擁有優秀能力的人吃苦頭，感覺算是在某方面達到平衡。

這個理論的破綻，在於能力低劣的人基本上也會吃苦頭，但我不打算辯解這種事。

這終究只是臨時想到的東西。

若有人在雞蛋裡挑骨頭，我無法應付。

「那我立刻寄郵件……不過，你知道住址之後要做什麼？」

「寄賀年卡。」

在笑不出來的狀況講笑話不是要帥，是一種對話技巧，但她笑了。

我知道電話另一頭的戰場原蹲了下去。大概是家人與戀人就在門後，所以她不能笑出聲吧。

她兩年前總是擺張撲克臉，如今卻變得很常笑。

不過，當時她罹患怪病導致的撲克臉之所以惡化，原因不是別人，正是我。

「當然是開玩笑的。」

我刻意更正似乎也很好笑，戰場原遲遲沒有恢復正常。我不得已只好無視於她說下去。

「我要去調查千石撫子的事。既然她放棄當人類而成為神，現在應該被當成下落不明的離家少女吧？所以我想聽她家長怎麼說，再進入千石撫子的臥室搜索看看，或許找得到某些線索。」

「……等、等一下。」

戰場原還在笑，卻出言制止。

「那個……貝木，方法與手段當然是交給你決定，但是不能太粗暴……」

「我不可能做什麼粗暴的事吧？妳肯定知道我的作風。何況既然交給我決定方法與手段，那就交給我吧，完全交給我。戰場原，妳聽好，務必別忘記，妳是為了保住自己的小命，不惜向恨之入骨的對象求救的丟臉傢伙，妳絕對不能忘記這一點。」

總之，如果她只是想保住自己的小命，她應該不會向我求救吧。明知如此卻講這種話，是一件快樂的事。但我在覺得快樂的瞬間就完全搞不懂哪裡快樂。

「我明白，我也沒忘。不過好歹讓我拜託一下……請別做太粗暴的舉動。」

「我說過我不會做吧？」

我突然覺得不悅，強行結束通話。電話的好處就是可以這麼做。總之不只是因為覺得不悅，也因為要是拖著戰場原講太久，阿良良木或阿良良木家的某人可能會發現不對勁。

畢竟經過後來的調查，阿良良木的父母都是警察……我真是鋌而走險。

何況還有戰場原的父親。我絕對不能見到他。

這是比阿良良木曆更不能見到的對象。

我如此心想時，手機響起收到郵件的聲音。不愧是女高中生，打字真快。我的手機收到信之前，她肯定已經刪除寄件備份了。

郵件主旨是「別做太粗暴的舉動」。好煩。真的很煩，我開始不耐煩了。既然被弄得這麼不耐煩，就難免想接受這個要求。

其實我打算在千石家使用稍微粗暴的手法，現在卻失去這種念頭。戰場原，妳真有一套。

我確認住址（即使除去打字速度，戰場原能夠這麼快寄信給我，代表她不用看筆記就記得這個住址。不只是因為戰場原記性好，也看得出她這幾個月和男友多麼認真抗戰至今。不過一點都無所謂），看著螢幕加大步伐。

晚點回到飯店，我想在筆記本加註千石家的位置。此時我察覺自己甚至不知道千石撫子長什麼樣子。

無須慌張，晚點（最快今晚）再叫戰場原寄照片給我就好。她好歹應該有照片吧。不對，我正要前往千石家，能向家人借到一張照片就行。

我看到街道異常冷清而覺得不對勁，不過這麼說來，今天還是新年假期。我動不動就會忘記。我才想自問，我在大年初三究竟在做什麼？感覺我只是努力認定現在的所作所為是工作所需。

014

千石撫子的父母是極為平凡的大人。我在這種時候使用「極為平凡的大人」的意義，代表他們是我經常掛在嘴邊的「善良市民」，沒有其他的意思。

換句話說，我對他們不抱持善意或惡意。不過大多數人在我眼中都是如此。

大多數人在我眼中只是人類。如此而已。

只是他們身為平凡的大人、身為善良的市民，卻沒有慶祝新年。那當然，女兒即使沒有死亡卻下落不明，這種狀態還維持好幾個月，家裡幾乎是服喪狀態。

我剛才所說「寄賀年卡」這個笑話不只不好笑（但戰場原笑了），而且不謹慎。

但我聽到「不謹慎」這個詞，只覺得以「不」抵銷「謹慎」的這個詞是否有必要存在，如果想寄賀年卡，隨時隨地都可以寄。

我甚至覺得，要是我穿一如往常的喪服（這是他人的說法）來訪，應該是非常貼切的服裝。

總之，我從正面闖入處於服喪狀態的千石家。「闖入」聽起來像是我做出戰場原所擔心的「粗暴的舉動」，但實際上相當和平。

我按下對講機，自稱是對方女兒（也就是千石撫子）同學的父親，換句話說是以欺騙的方式進入千石家。

「雖然可能只是離家出走，但小女也在三天前下落不明。記得她在失蹤前提到令嬡，我很在意這一點，所以明知冒昧還是登門造訪。方便讓我知道令嬡的狀況嗎？」

我這麼說。

我的演技也真是高明。應該說，當我提到他們女兒「撫子」的名字時，兩人就完全失去對於訪客的戒心，即使我的演技或說謊功力只到小學生才藝表演的等級，似乎也能得到相同結果。

講個題外話，據說對於被捲入事件的人來說，最造成困擾並且造成更嚴重傷害的傢伙，就是帶來這種假情報、偽情報的看熱鬧分子。

我能理解他們的心情。雖然能理解，但是和我無關。

我在客廳聆聽兩人的敘述，覺得他們是「極為平凡的大人」，同時也是「極為平凡的父母」。

話說在前面，這不是壞話。

我只是這麼認為罷了。

我基於立場看過各式各樣的人，在這些人之中，女兒下落不明的父母、女兒過世的父母，或是知道女兒消息卻好幾年沒見面的父母也不在少數，若是單純對照至今的類似例子，我覺得他們算是平凡。

這是理所當然。

抱持奇怪的期待才容易落空。

因為這兩人即使推測女兒可能遭到意外波及，或是推測可能遇害，應該也想不到自己的女兒居然成為神。

單方面聽他們述說，令我過意不去，所以我也先提到自己的女兒多麼可愛、多麼率直，而且和千石撫子的交情很好。

如同前面所述，這種行為會造成很大的困擾，但我的謊言似乎讓千石撫子的父母大為感動。

母親說她沒想到那孩子居然有這一面而流淚。如果我那番話是真的，我應該也會差點跟著掉淚。

總之，我沒有預先準備或證實，只是隨口說說，不過相對的，我也可能歪打正著說出真相。這麼想就沒有罪惡感。

但我就算沒這麼想也沒有罪惡感。

不過，從他們相信這種謊言就知道，身為平凡父母的千石夫妻，和其他大多數的父母一樣，對自己的女兒一無所知。

記得他們提到女兒是怕生的孩子、乖巧的孩子、常笑的孩子，但我想知道的不是這種寵女兒的意見，而是她內心的黑暗，可惜他們似乎也不知道這種事，而且不想知道。

父親說她完全沒有叛逆期，是很聽父母吩咐的好孩子，但要是女兒沒有進入對父親的叛逆期，最好認定這是近乎最高層級的警報。我差點站起來指責他們為何錯過這個警報。

連那個戀父情結嚴重的戰場原，在國中時代也和父親保持過距離。

真是的。

不過這是往事，是過去，現在抱怨也無濟於事，何況千石家的教育方針，即使湊巧在現在這個時間點和我的人生有交集，至少在今後也完全無關。

「這樣啊，是的，小女也一樣。」

所以我沒說什麼，只有適度搭腔。貝木泥舟在適度搭腔的領域，很少有人能出其右。

不過依照這個設定，我變得很難要求對方借女兒的照片給我看，所以我打消念頭。這部分還是晚點找戰場原寄照片給我吧。

「方便讓我看看令嬡的房間嗎？」

我這麼說。

實際上當然沒說得這麼直接。我一開始是提到女兒肯定借給撫子某些東西，而且肯定會成為尋找兩人的線索，詢問他們心裡是否有底，拐彎抹角三十分鐘之後才終於抵達這個終點。我當然不忘在開頭先說「恕我冒昧」這四個字，但千石夫妻應該完全不認為這樣的我很冒昧吧。

我在他們帶領之下進入的千石撫子臥室（在二樓），該怎麼說，是一個整潔的房間。若要形容為整理得井然有序，應該說有點刻意過度，大概是房間的主人下落不明之後，父母依然沒有怠忽打掃吧。我如此心想並且向兩人確認，證實室內確實維持女兒失蹤前的狀態。

總之，千石撫子始終只是下落不明（對父母來說），並不是過世，所以這種父母心是對的。他們並不是在依依不捨細數死去女兒的年齡。

書櫃盡是孩子氣的漫畫，各處擺放可愛布偶，看起來就是女國中生的房間。

不過在我眼中，有種做作的氣息。

父母打掃之後是這種狀態，感覺很做作。老實說，我甚至覺得噁心。

我甚至覺得，這個房間是被硬塞孩子氣與可愛的感覺。千石撫子的父親提到女兒沒有叛逆期，加入這一點思考就耐人尋味。

這應該不能稱為無所謂。

有所謂。

或許這部分就是關鍵。

是千石撫子內心的黑暗。

我思考著這種事，開始調查千石撫子的臥室。外面還很亮，室內窗簾卻是拉上的，相當陰暗。所以我進房間所做的第一件事就是拉開窗簾。

千石夫妻當然沒在帶我進房之後就回到客廳，換句話說，我是當著父母的面搜索房間，所以我不能以翻箱倒櫃這種簡單易懂的做法找線索。只能環視這個四方形房間，如同撫遍表面般尋找。

此時，我發現書櫃最下層有個看似相簿的書脊。相簿。挺不錯的，這是意外的收穫。我得到夫妻許可之後打開這本相簿。

裡頭貼滿千石撫子的肖像照。原來如此，這就是千石撫子。我認得了。我終於知道了詐騙對象的長相。

雖然始終只是從照片得知，但我對千石撫子的第一印象，和我對這個房間的印象幾乎相同。

孩子氣、可愛、噁心。感覺很假。像是被迫裝可愛。

雖然掛著笑容，卻有點生硬。如同因為相機鏡頭對著自己，才逼不得已依照吩咐微笑。

與其說是害羞的笑容，更像是低聲下氣的笑容。

她垂著瀏海，以免視線和他人相對。進一步來說，看起來戰戰兢兢。或許她在害怕某個東西、某種事物。

總之，我果然沒辦法借走這些照片吧，所以我盡量將她的模樣烙印在眼底。考察等晚點再說。

「幾乎都是獨照，沒有和我女兒合照嗎……」

為了避免聽起來像是藉口，我以不經意的語氣這麼說，將相簿放回書櫃。

基於某種意義，這只是我當成緩衝的發言，但我說出來才發現，相簿裡沒有半張家人合照。

換句話說，相簿裡沒有父母和千石撫子的合照，盡是千石撫子的獨照。

既然是照片，當然需要有人負責拍照，我能理解三人的合照不會很多……即使如此，應該會有她和父親或母親的兩人合照。就算這本相簿是千石撫子的私人相簿，卻也正因為是私人相簿，應該沒必要區分到這麼嚴密。

我原本打算晚點再考察，卻不由得思考起來。將毫無家庭合照，有點像是寫真集的這種相簿擺在臥室的女生，究竟處於何種心理狀態？

我轉身看向夫妻，他們對於閱覽相簿的我，並沒有露出內疚或歉意，反而像是完全不覺得相簿內容有什麼丟臉之處。

甚至像是在這種緊急狀態，依然對自己女兒的可愛感到驕傲。

原來如此，他們是善良的一般市民。

大概深信自己是善良的一方，覺得自己的人生沒有出錯。

就算女兒下落不明，他們大概也以女兒為傲吧。

即使如此，兩人似乎質疑我為什麼注視他們，因此我假惺惺地出言掩飾。

「像這樣比對，就覺得令嬡和兩位很像。」

我覺得騙徒講這種話有點假惺惺過頭，但似乎挺有效的。雖然他們並不是心情明顯變好，不過即使目睹我在女兒房內四處調查，態度依然平靜。

後來我繼續搜索，開始思考「該決定我女兒借給千石撫子的重要東西是什麼了」的時候，我朝著配合臥室角落擺放的衣櫃伸手。正確來說是準備伸出手。

這是我保留到最後再調查的家具，但是千石撫子的母親在這個時候，以至今最大的音量高聲說：「啊啊，請別碰那個衣櫃！」

這番話的語氣讓我感受到強烈的意志，讓我確定必須耗費相當的勞力才能駁回這個要求。

「您說『別碰』的意思是……」

我當然如此回問，理所當然期待這句話隱含重要的理由，但這名母親只說她被吩咐別碰那個衣櫃。

被吩咐？被誰？

的。

或許已經不用多問，即使如此我依然刻意詢問，答案正如預料，是千石撫子吩咐

我很難說明我這時候的心情，所以只據實記錄。

總歸來說，千石撫子的父母，即使自己的女兒下落不明，依然只執著於將臥室打掃乾淨、維持原狀，即使房內衣櫃可能藏著重要的線索，還是按照女兒的吩咐，沒有打開的意思。

015

既然我的立場是千石撫子好友的父親，應該很難說服兩人打開衣櫃，而且只有一人就算了，但要瞞著兩人的目光偷看內容物是不可能的任務，所以我決定晚點再處理衣櫃的問題。

反正我得知了衣櫃的存在。得知這裡有這個衣櫃。

光是如此，這次造訪千石家就有意義可言。

我將自己的手機號碼告訴這對夫妻，也請對方告知手機號碼，說好有任何消息就會聯絡，彼此要隨時保持聯絡，然後我離開千石家。

衣櫃的問題暫時放在一旁（或許到最後打開一看，裡面只擺滿國中生會看的情色書刊），即使如此，光是簡單搜索房間，我大致就明白千石撫子內心懷抱著某種黑暗。

不過即使世界很大，能在那種草莓色調房間看出內心黑暗的彆扭傢伙，大概也只有我吧。我這麼認為。實際上，或許只有我抱持「既然會罹患怪病成為神，內心肯定懷抱著黑暗」這種偏見。

我自認沒有聊很久，不過我用來取得對方信任的前言似乎用掉很多時間，我離開千石家的時候，已經是堪稱黃昏的時段。

我覺得是時候了，所以打電話給戰場原。

「我沒做粗暴的舉動。」

我首先說出還以顏色的挖苦話語，然後提出要求。

「寄千石撫子的照片給我。」

「怎麼回事，你連她長什麼樣子都不知道？」

帶刺的這句回應聽起來沒有刻意壓低音量，看來新年的嬉鬧宴會已經結束。

「我沒見過這個女生。妳說她是我的間接受害者，也只是妳的片面之詞。仔細想想，連這件事都不一定是真的。」

我這麼說。

「意思是我在騙你？」

戰場原講得很遺憾的樣子。她應該不想聽我這麼說吧。

「我在千石撫子家看了相簿。她是很可愛的孩子，妳應該很討厭。」

「…………」

我這番話比剛才的第一句話更加諷刺。

「沒錯。」

戰場原沉默片刻之後這麼說。

真老實。這樣我確實騙不過她。

「她是我最討厭的類型。即使不是以這種形式認識，我也絕對不會和這種類型的人成為朋友。」

「現階段我不清楚她是愛撒嬌還是受寵……妳既然知道住址，就代表妳造訪過千石家？換句話說，妳和那對父母交談過？」

「那當然……因為阿良良木其中一個妹妹，和千石撫子是很好的朋友。我經由這層關係造訪過。不過那孩子和任何人都能成為好朋友，所以並不是只和千石撫子的交情特別好。」

嗯。

阿良良木曆的妹妹……不知道她說的是火憐還是月火。從角色個性推測，比較像是月火。

「阿良良木的妹妹們，知道自己的哥哥陷入何種狀況嗎？看他們家在慶祝新年，應該可以先推測阿良良木夫妻不知道……」

「妹妹們也不知道。那些孩子不知道哥哥變成這樣，也不知道千石撫子變成那樣。知道這件事的只有我、阿良良木、忍野忍，以及羽川同學。其實我也想對羽川同學保密……卻露出馬腳了。」

戰場原不知為何使用戲謔的形容方式。

所以羽川究竟是何方神聖？

「不過，這是我掌握的範圍，如果阿良良木瞞著我告訴別人就不在此限。」

「嗯……」

聽起來有可能。畢竟實際上演「鎂鏈與梳子」的這對情侶，好像出乎意料對彼此隱藏某些祕密。

記得我之前聽他們約定過不能隱瞞怪異的事，但這個約定或許有很多例外。

如果阿良良木瞞著戰場原找人求助，對象會是誰？我試著思索卻沒有底。

我沒掌握阿良良木的交友圈。真要說的話，大概是影縫或斧乃木吧。

那兩個不死生物的殺手，似乎和阿良良木達成無聊的和解……

「為什麼沒公開？這麼做或許出乎意料可以得到突破僵局的妙計吧？」

我大致知道答案，卻試著如此詢問。舉例來說，肯定能請左手化為怪異的神原幫忙。雖然我個人不樂見這種事態，但是就我所知，那隻「猴掌」的許願次數肯定還有剩。

「……總之，千石撫子很凶暴。」

凶暴。

戰場原慎選言辭之後這麼說。

這個毒舌女（這是我昔日對她的印象）居然使用如此直截了當的形容詞，出乎我的預料。

凶暴。

這個詞意外地不會用在人類身上。這是用在動物或幼童的詞。

不是用來形容國中生的詞，也不是用來形容神的詞。

肯定不是。然而……

「要是我們向他人求助，她會毫不猶豫連同那個人一起除掉……原本這只是阿良良木與千石撫子之間的問題，但她完全不在乎波及包含我在內的其他人。」

「…………」

喂喂喂，這不就代表我也有生命危險？妳覺得我遭殃一起沒命也無妨，才會找我委託？

我沒有不識相到在這時候講這種話。我從一開始就知道這種事。

我明知如此，明知隱情，依然接受這次的委託。任何工作都有風險，講得極端一點，工作就是利害關係的衝突。

……不過，這份工作的利益究竟在哪裡？

十萬圓的必要經費，已經有一半用為治裝費。

「原來如此，既然這樣，就不能貿然找別人商量。」

所以她說原本也想對那個羽川保密。不過，這個人能看透戰場原與阿良良木想保守的祕密，看透這個攸關生命的祕密，羽川果然不是等閒之輩。

接下來是我的直覺，應該說是牽強附會，我半年前在這座城鎮布下的詐騙計畫，雖然是由火炎姊妹、阿良良木曆與戰場原黑儀根絕，但我覺得這個羽川或許出乎意料也插了一腳。

「等一下，貝木，別誤會，我找你商量是因為……」

「無妨。別講煩人的藉口，我不會在意這種事。我是專家，早就習慣暴露在生命危險之中。」

這番話有點耍帥過頭。兩年前就算了，但我如今沒必要對戰場原耍帥。

「不提這個，我已經略為得知千石撫子的家庭狀況……不過戰場原，妳實際對千石撫子有什麼想法？」

「……不是不需要我的感想嗎？」

「只要不是我首先接觸到的情報就好。與其當成提供情報，應該說當成閒聊告訴我吧。妳剛才說她是妳討厭的類型，還說她凶暴，但是該怎麼說，我想聽妳加點相關事蹟述說感想。」

「…………」

「嗯？怎麼了？」

「可是……我沒有直接見過千石撫子。」

「什麼？是嗎？」

真意外。

千石撫子居然想殺一個沒見過面的人？

「對。只有用電話進行過一次交易……應該說對話，不過這也是她放棄當人類之後的事。」

「……這樣啊，我大致明白了。明白妳所處的莫名其妙狀況。妳居然到現在都還沒瘋掉。」

「……是啊。」

「哎，既然妳不惜向我求救，或許代表妳出乎意料已經瘋了。」

我說著將視線移向夕陽。現在是黃昏，也就是所謂的逢魔之刻。

「貝木，所以說我……」

「總之，我打算現在去見千石撫子。去北白蛇神社就見得到吧？」

「……不一定見得到。至少她成為神之後，我就沒見過她。看來她相當討厭我。阿良良木大概是去五次能見到一次……但每次都被殺到剩下半條命回來。看來她雖然隨時可以下手，總之還是會讓我們活到約定的日子。」

戰場原在最後加上這段恐怖的見解。

看來戰鬥一直在進行中。

原來如此，所以是長期抗戰。

「阿良良木今天不會去吧？我可不想在神社境內撞見他。」

「不會去。因為他今晚和我……沒事。」

她說到一半就沒繼續說。

什麼嘛，變得真可愛。看來在繼續戰鬥的同時，愛情也繼續發展中。

總之，在隨時面臨生命危機的狀況下，這種關係也自然會升溫吧。但我沒遇過這種狀況所以不清楚……

「見不到千石撫子的話就算了。總之得去現場看看再說。如此而已。」

「如果見到她，你打算怎麼做？你已經做好騙她的準備？」

「完全沒有。不過，姑且是去看看她的臉色，和她打個照面罷了。而且或許出乎意料能以溝通的方式解決。」

「這樣啊……雖然我覺得不可能，但是加油吧。」

戰場原以無法提起我幹勁的語氣激勵我。

我一點都不高興。毫無感想。

016

有一個詞叫作「靈力地點」，我當然不相信這種說法，但如果沿用這種形容方式，北白蛇神社就是一個負面靈力地點。

負面靈力。聽起來真可疑。

忍野似乎形容為城鎮髒東西的聚集處，也形容成「氣袋」。這種形容方式直截了當又合理，非常符合他的作風，不過以我的觀點來說，這裡只是山上。

這種地方令人覺得陰溼不自在，我覺得是理所當然。上次來這座城鎮時，我也好幾次想造訪這裡，但最後基於一些原因沒成行。

我預先打聽過鎮上這座神社的事情，依照他人敘述，似乎只剩下幾乎損毀的神社遺跡，不過抵達該處一看（爬雪山使我好幾次受挫想放棄），那裡建立一座堪稱全新的氣派主殿。

我形容成「堪稱全新」，實際上應該是全新。感覺剛落成不久。該不會因為新的蛇神出現在毀滅的神社，就以靈驗的神力變出這座主殿吧？

荒唐。應該只是政府蓋的，只不過是規劃已久的工程付諸執行。和千石撫子的事件無關。

不過，光是境內正中央坐鎮一幢小而美的主殿，整座山的氣氛似乎就緊繃起來，真神奇。

感覺潮溼的感覺清爽消失。

我走在參拜道路上。

據說參拜道路正中央是神在走的道路，人們一定要走兩側，但和我無關。沒有我不能走的路，沒有我不能飛的天空。

我甚至覺得，要是神被我這種厚臉皮的態度激怒而現身就賺到了，不過很遺憾，這種稱心如意的事很難發生。這是當然的，要是神這麼輕易就出現，就沒有恩惠可言。

我抵達賽錢箱。

主殿感受不到他人的氣息。真要說的話是理所當然，但境內沒人。看來即使神社全新落成，也並未重新復活成為信仰對象，仔細觀察就發現沒有任何人前來進行新年參拜。

雪國在這種時候就很方便。從腳印、積雪方式與結冰程度，就可以判斷該處這幾天的人跡。

而且以這些情報判斷，我是今年第一個造訪這座神社的人。這個推測應該大致正確。

換句話說，這座北白蛇神社即使建築物翻新，也始終只是建築物翻新而已，沒有其他煥然一新的地方。雖然應該有神主之類的人負責管理，卻很難斷言有受到活用。不過今後的狀況就是未知數。

反過來說，如果這座神社在新年就展現熱鬧氣氛，千石撫子的神力應該比現在強，變得無人能阻止吧。想解決當前問題，就必須在香火鼎盛之前處理。不過現階段應該就幾乎無人能阻止了，何況要是現狀順利進行下去，阿良良木與戰場原明年元旦也來不了這裡。

總之，我就盡力而為吧。

盡力而為，輕鬆過生活吧。

我從西裝口袋取出零錢，後來換個想法，從另一邊口袋取出一張萬圓鈔，放入賽錢箱。

二禮、二拍手、一禮。

我不曉得是否正確，總之依照記得的方式進行參拜。不知道究竟幾年沒做這種行徑了。

這張萬圓鈔，我姑且不是隨意扔出去，而是謹慎無比地插入賽錢箱，做為小小的抵抗。從我笨拙的動作推測，這或許是貝木泥舟這輩子第一次的新年參拜。

在我參拜結束的這時候……

「撫子來也！」

神很乾脆地從主殿深處跑出來。

神的恩惠蕩然無存。

不過，她是被萬圓鈔引誘現身，令我抱持好感。真要說的話，她並非因為信徒捐錢而高興，那張開心的表情，彷彿領到壓歲錢而高興的孩子。

017

「難得成為神卻沒人來新年參拜，撫子好無聊。叔叔陪撫子聊天吧！」

莫名開朗又亢奮的千石撫子，滿足地拿著從賽錢箱取出的萬圓鈔這麼說。

不過，千石撫子手上的萬圓鈔，是她將每一根都是細小白蛇的恐怖頭髮當成機械手臂伸進賽錢箱取出的萬圓鈔，所以氣氛不甚溫馨。反倒很嚇人。

原來如此，頭髮變成蛇確實是怪病。

無法以現代醫學解析。

據說人類的頭髮約十萬根，千石撫子髮量似乎比較多，所以大於這個數量的蛇，滿滿在她的頭上蠕動。

蛇髮女妖看見千石撫子這顆頭，或許也會僵硬得如同石頭吧。而且看她剛才毫不遲疑就從賽錢箱取出萬圓鈔，證明每條蛇的眼睛應該都是她的眼睛。

既然這樣，現在她所見的世界是什麼樣子？

大概有十萬種以上的看法吧。

不過反過來說，她只有頭髮像是蛇神的樣子（其實這樣就夠了，我有種夫復何求的感覺），身上服裝相當普通。

除去現在是寒冬的要素，相當普通。

除去現在是下雪寒冬的要素。

單薄的白色無袖連身裙，不只是光看就令人覺得冷，還像是會就這樣融入雪中，夢幻得如同隨時會消失。她乾脆穿蛇紋衣物比較好懂。

赤裸的雙腿也不適合雪國。

這身打扮究竟有什麼意義？至少沒有神的感覺。

真要說的話，還有套在左手的髮圈。也是白色的。她用那個髮圈綁蛇髮？

我想到這裡，才總算察覺日文的「蛇神」與「蛇髮」同音。這種妖魔鬼怪都很喜歡這種雙關語。

神是否包含在妖魔鬼怪之內，這一點眾說紛紜，不過以我的觀點來說，兩者同樣是騙子，基於這一點是同類。

「一萬圓～一萬圓～」

她看起來很開心。

應該很開心吧。

明明成為神就應該用不到錢，而且那是維持神社運作的錢，無法私吞。

或許她不是因為金額多寡，是因為這是「第一份香油錢」而開心。這麼一來只算是對錢的侮辱，我非得收回剛才對她的好感。

「叔叔，謝謝你！」

千石撫子總算轉向我，露出無憂無慮的笑容。和我聽家長敘述的印象不同，這張笑臉不害羞又不怕生。

雖然家長說她是常笑的孩子，但這孩子肯定沒這樣笑過。

如同從鎖鏈中掙脫，不被任何事物束縛，甚至不被怪物束縛的笑容。

「叔叔是撫子的第一號信徒！」

「…………」

這不是天真說出口就能原諒的話語。我並非沒想過賞她一記耳光，但我不是這種暴力分子。

「別叫我叔叔。我叫貝木泥舟。」

所以我只對她這麼說。我人真好。

雖然我只這麼說，不過仔細想想，這是敗筆。

千石撫子是我在這座城鎮詐騙時的間接受害者，既然這樣，她曾經聽阿良良木或火炎姊妹提到我的姓名也不奇怪。

她知道我的姓名也不奇怪。

這樣的話，毫不留情對幾乎無關的阿良良木與戰場原提出殺害預告的這個女孩，不可能不對我大發雷霆。我如此心想。

「貝木先生！」

但千石撫子反倒露出開心的表情。

「貝木先生，貝木泥舟先生！好怪的名字！請多指教！抱歉剛才叫你叔叔！嗯，仔細看就發現你好年輕！唔哇，真年輕！還以為比我小！叫你小少爺吧！」

「…………」

我該怎麼判斷？應該判斷她只是間接的受害者，所以不曉得我的姓名吧。但我不這麼認為。

她肯定聽過，肯定知道。

不過，她不記得了。

不是因為不把我放在眼裡，或是成為神之後覺得人類時代的事情不足為提，只是自然而然地忘了。

如今，這女孩忘記害自己陷入這種狀態的萬惡根源。我覺得是這麼回事。

這傢伙自然而然忘記無法忘記的事。相對的，她一直記得某些無所謂的事。例如小時候某個朋友的哥哥對她很好。

換言之，這女孩內心各種事物的優先順序變得亂七八糟。我如此解釋。

她光是忘記我名字，我就認定到這種程度或許有點早，應該說或許很危險，但我知道。

這種人，我至今知道好幾個。

不想知道卻知道。

是否珍惜的事物、是否寶貴的事物、是否重要的事物。我至今見過許多人無法好好區分這些事物，或是歸類錯誤。

沒能巧妙處理自己人生的這種人，毫不例外都是精神上陷入絕境的人。

也可以說是某些部分損壞的人。

例如戰場原的母親就是如此。

基於這層意義，我雖然不曉得千石撫子是人類時代就如此，還是成為神之後才如此，但她的精神攪和得一團亂。

「撫子正在一直等待三月的到來喔！可以說嗎？撫子就說吧？到時候，撫子居然要宰掉喜歡的人喔！」

我明明沒問，她卻開心提到這件事。

大概是很高興有聊天對象，所以特別提供自己所擁有最熱門又有趣的話題當成招待吧。

雖然我如此推測她的心態，但是面不改色、毫不猶豫說出這種事的少女，只能以異樣來形容。連我都這麼形容，就知道她多麼嚴重。

不過，能將其當成異樣而接受的人，全世界大概只有我吧。

「有人要求等半年，所以我就等了，我覺得我是神，所以果然得聽人們的願望。不過，唔～撫子原本覺得神很長壽，所以半年一下子就會過，可是完全不是那樣。畢竟一天就是一天、一年就是一年。所以撫子最近越來越等不下去，但是還是要忍耐忍耐，因為撫子是神，必須守約！」

「……沒錯，守約是很重要的事。或許堪稱崇高的行為。」

我以這種無心之言搭腔。要是一不小心說錯話，確實有可能激怒她，但即使除去這種計算，我應該還是會這麼說。

我覺得這女孩很可憐，說不出否定她的話語。就當成這麼回事吧。我極度討厭被當成這種善人或偽君子，但只有在這時候願意如此。

她見到訪客，應該說見到香客而開心不已，試著講趣事取悅他人。這種像是國中生的神，讓我覺得滑稽、可憐得無以復加。

不得不同情她。

以我的個性，我當然不會因而改變什麼。我不會扔下戰場原的委託，放棄騙這個女孩，也果然不會想為了這個女孩做點事。

工作就是工作。

只不過，我很在意個中差異。依照我至今得到的情報，千石撫子肯定等同於內向少女的範本，至少她的個性不會像這樣「款待」香客或訪客。

那這孩子為什麼如同擺脫枷鎖或鎖鏈，變成如此開朗又好客的個性？

……無須思索。

她應該是擺脫了。擺脫枷鎖、擺脫鎖鏈。

戰場原把我說成像是現狀的主謀，不過至少千石撫子因為我布局的詐騙計畫變得幸福。

變得非常、非常幸福。

「不過好神奇喔，為什麼沒人來？明明神社難得翻新，撫子還以為會有很多客人過來。」

「應該是宣傳不夠吧？」

我這麼說。我在生意領域向來有獨到見解。不過當然只限於非法生意。

「或者是服務不夠。」

「服務？服務是指色色的服務？」

「…………」

神天真地如此詢問，我在這時候第一次無視於她。我的溝通能力沒有好到肯配合國中等級的低級黃腔，我也沒那麼好心。

不過，千石撫子不曉得是如何解釋我的這段沉默。

「曆哥哥他啊，在撫子上空只穿燈籠褲的時候超開心喔！」

她這麼說。

……那個男的在搞什麼？

想犯罪？

我難得義憤填膺，覺得這次欺騙千石撫子的工作，只要讓戰場原得救就好，但是這種想法應該行不通。

「還有，撫子在這座神社身穿學校泳裝痛苦掙扎時，曆哥哥看得很開心！能夠取悅曆哥哥，撫子也很開心！」

「……我說，那個……妳……」

我猶豫於該如何稱呼成為神的她，但我覺得在使用平輩語氣的時間點就已經沒救，所以直接稱呼「妳」。

「妳的那個……曆哥哥？我不知道曆是姓氏還是名字，不過……」

我姑且裝傻表示自己不認識這個人（不只是因為知道的話很麻煩，我也不想被別人認為我認識這個讓女國中生做這種事的傢伙）。

「妳喜歡曆哥哥？」

我如此詢問。

我自己都覺得這句話很肉麻。

「嗯！很喜歡！所以要殺掉他！宰掉他！」

「……這樣啊。」

「不知道叫什麼名字的曆哥哥女友，以及不知道叫什麼名字的蘿莉奴隸，撫子也會一起殺掉！」

她開心地這麼說。如同下週可以和心上人一起約會般開心，說不定比這樣更加開心，開心地述說自己將在兩個月後殺害對方女友與關係人。

這也不只是炫耀，是用來取悅我的話題，真的是發揮服務精神。她的眼神彷彿相信我也會和她一樣快樂。

神居然會相信這種荒唐無稽的事，實在諷刺。不過即使不以這種立場來看，一樣很諷刺。

從任何角度怎麼看，只有諷刺。

而且，千石撫子將戰場原與忍野忍同樣列入殺害名單，卻連她們的姓名都記不得。感覺各方面的順序、連結與邏輯都錯了。

我如此認為。應該說做出一個結論。

換句話說，這個女孩是笨蛋。

頭腦不好。腦袋空到無可救藥。

而且她一直被寬恕至今。不只是父母放任千石撫子至今，周圍所有人肯定都是如此。

阿良良木曆恐怕也不例外。

放任千石撫子。

千石撫子也甘於這種處境。

我並不是想主張這絕對不是我造成的結果，但我認為這就是她如今成為神的原因。

總之，包括老是戴著帽子、以瀏海遮住臉、避免和他人目光相對，她這一連串的奇特行徑，肯定也被旁人形容成可愛或萌要素放任至今吧。

所有的問題行動，都得到「寬容」。

正因如此，才導致現在的局面。
我想到這裡，同情心也逐漸增溫。
而且正因如此，從這種環境解放的千石撫子，要是面對「可以恢復成人類」的選擇，我想她肯定會拒絕。
總之，光是思索也沒用，所以我試著詢問。
「神，如果可以恢復為人類，妳想恢復嗎？」
「不想。」
她斷然回應。正如預料。或許堪稱是天註定。
「即使恢復為人類可以和曆哥哥成為情侶？」
「嗯。」
她斷然回應。這部分出乎我的預料。不是天註定。變更條件也一樣啊……我還以為她至少會猶豫一下，不然至少也會思考一下。
「撫子如今覺得，單戀就夠了。」
「…………」
「貝木先生，若能永遠單戀……不覺得比兩情相悅還幸福嗎？」
「……也對。」
我點頭回應。我自認只是附和，事實上我的回應卻加入無謂的力道。

單戀。我並不是天生的大木頭，也並非老大不小還沒有這種經驗。而且我這份單戀或許堪稱持續到現在。因為那位女性已經車禍身亡。

對象是死者，就只能繼續單戀。無論後來歷經何種戀愛，這段單戀也絕對不會結束，永遠持續。

即使戀愛，也沒有失戀。

基於這層意義，千石撫子這種想法或許出乎意料沒什麼破綻。因為她殺害阿良良木之後就可以依照心願，永遠沉浸於幸福的單戀。

不會失戀。

「曆哥哥來過這座神社好幾次吧？妳沒把他算入香客……算入訪客？」

「嗯。因為曆哥哥老是對撫子講一些莫名其妙的事。撫子聽不懂，所以就趕走他了。撫子要在三月殺掉曆哥哥，所以要求曆哥哥到時候再來。不過因為曆哥哥太煩了，所以最近撫子經常假裝不在家。」

「……除此之外，真的沒其他人來？除了曆哥哥與我，至今真的沒人來？」

「師傅們會來。」

「師傅？」

我一瞬間掌握不到個中意義，但我立刻理解到她是說建造主殿的工匠。我不禁思索這孩子在進行工程時待在哪裡，但應該有地方待吧。或許是躲在樹後滿心期待自己的家完工，卻沒想過後來無人造訪。

何其孤寂。

這裡即使不再荒蕪，依然孤寂。

「神社以超快的速度重建喔！那種就叫作高速工法嗎？行家的技術！撫子嚇了一跳！還有，剛開始是有幾個人來神社，可是撫子一走出來，大家就跑光了。為什麼呢？貝木先生是第一個沒跑走還捐香油錢的人！所以謝謝你！」

千石撫子講得像是要撲過來的樣子。我不想被她抱，所以稍微移動位置。

「大家之所以一看到妳就跑……」

我這麼說。或許沒必要講這種話，但我的嘴不只是會講謊言或妄語，還會無謂講一些不用講或最好別講的話語。

正因如此才是虛實之口。真假不分，虛實相間。

「是因為妳的樣子毛骨悚然吧。妳的頭髮恐怖過頭。」

「…………」

千石撫子一副驚訝的表情愣住。

她收起笑容，所以我預料自己即將沒命。我當然打算抵抗，不過在這種沒有準備的狀況，我應該沒什麼勝算。想到這裡是我的葬身之處就覺得還不賴。我認為禍從口出而沒命是很適合自己的死法。

不對，我的個性沒這麼瀟脫。我覺得爛透了。我果然不應該接這種委託，是我一時鬼迷心竅，如果這是戰場原對我的報復，那她的計畫非常成功，我中了她的計……我就這樣想到這裡，卻也到此為止。

這裡的「到此為止」，並不是我全身被蛇咬而毒發身亡的意思。仔細一看，千石撫子面無表情之後，露出開心的笑容看著我。

並不是再度露出的笑容。

該怎麼說，剛才那張無憂無慮的純真笑容，應該也不是假笑或討好他人的笑容，我卻隱約覺得是她身為神的「商業笑容」。

現在的笑容則不同。就我看來真的是由衷開心的笑容。

「居然說撫子毛骨悚然、恐怖過頭……」

千石撫子這麼說。

「第一次有人對撫子這麼說耶。」

「…………」

我完全無法理解這有什麼好開心的。

「因為大家總是只說撫子可愛。」

但我聽到她後續這句話，我就稍微可以理解。

感覺理解了百分之一左右。

或許只有千分之一。

對於這個孩子來說，「可愛」早已不是稱讚，聽到也不會開心，反倒會因為這兩個字，導致大多數的行動受限吧。

所以這種類似侮辱的話語，甚至是直接的壞話，繞了一圈讓她覺得開心。堪稱是她價值觀變得亂七八糟的明顯例子。

既然這樣，對這個孩子來說，別恢復為人類，就這麼繼續當神，以蛇髮女妖都會臉色發青的外型繼續躲在山上當神，對她來說應該比較好。

我想到這裡，心情就差點變得沉重，但我察覺她即使如此也完全和我無關。內心沉重是我的錯覺，我內心依然是不變的輕盈。到頭來，我並不是為了拯救這個可憐又值得同情的國中生而接受委託，反而是受託欺騙這個國中生。

而且我是毫無罪惡感就能執行這個委託的人。

千石夫妻或千石撫子的朋友們，當然會希望千石撫子（以人類身分）回到城鎮吧，但這種事和我的生意毫無關聯。有人委託的話，我可能會幫忙，但對方得準備相應的酬勞。

總之，我掌握了千石撫子的個性。我想應該已經掌握到令我胸悶的程度。既然她是神，使用「人格」這個詞或許不太合適，不過她是充滿人性的蛇神，所以不算誤用。

「這樣啊～撫子毛骨悚然、恐怖過頭啊。那麼，用這個髮圈綁住蛇髮，是不是可以稍微改變形象？」

千石撫子這麼說的時候，我告知時間很晚了，必須告辭。

「咦～！貝木先生，多聊一下啦！你回去的話，撫子會很寂寞啦～！」

神開始耍賴央求，暗自覺得她很煩的我，將手伸入口袋，取出一條環狀的繩子。

說穿了就是花繩。

我的興趣是翻花繩，平常就將這種東西隨身放在口袋……當然不是這樣。這只是我在上午購物時，以不曉得是用來固定什麼商品的繩子，在前來這裡的途中打發時間不經意製作的花繩。

我將這條花繩遞給千石撫子。

「要是閒著沒事，就玩這個吧。」

「這是什麼？難道是花繩？」

「什麼嘛，原來妳知道？」

我還以為最近的孩子都不知道花繩。

原本打算得意洋洋地對她說明，但我的如意算盤落空。

「嗯，大雄很喜歡吧？大雄最擅長翻花繩、打瞌睡和射擊。」

真美妙。

即使翻花繩過氣，哆啦A夢的文化至今依然不變地傳承下去。在《美味大挑戰》

富井副部長榮升代理部長，《烏龍派出所》阿兩戒賭的這個動盪時代，《哆啦A夢》的屹立不搖何其令人安心。

不過，她或許沒聽過哆啦A夢初代配音員大山伸代的配音。

「可是，撫子不太懂花繩……」

「我教妳幾招。在妳精通之前，我還會過來。」

「真的？」

「真的。我不會說謊。」

我老實這麼說。

接著我空口說白話，或者是說黑話。

「因為我是妳的第一號信徒。」

018

我大概會下地獄。不過一點都無所謂。

在千石撫子天真揮手目送之下，我下山前往車站，搭電車到鬧區，回到下榻的旅館房間，倒在床上。「啪咚啾～」這個擬音非常貼切。不只是登山，購物與尋找千石家的運動量都很大，我終究累了。

呼。好久沒接這麼花勞力的工作。我覺得自己或許有點焦急。剛回飯店就立刻舉辦單人反省會也不太對，不過我沒必要在一天之內走訪千石家與北白蛇神社兩座主城。

難道我幹勁十足？

戰場原委託的工作令我興高采烈？

這是討厭的想像。

我明明不願如此想像卻如此想像，我對此感到火大，如同要宣洩情緒般打電話給戰場原。

這幾乎是惡作劇電話的等級。

「什麼事啊，貝木……都這麼晚了。」

這聲音聽起來毫不隱瞞熟睡至今的事實。她應該在自己家，不過既然她直接叫我的姓氏，她父親應該沒睡在旁邊。

戰場原的父親是菁英白領族，或許新年早早就開始工作。畢竟債務肯定還沒還清。

「還沒有很晚吧？電車還沒收班。」

「我不曉得你是哪裡出身，不過鄉下的夜晚來得早。」

「這樣啊。」

那麼，她傍晚提到和阿良良木的幽會已經結束？

順帶一提，我也不清楚我是哪裡人。我確定自己在九州長大，但是往事出乎意料容易遺忘。

而且忘掉也不成問題。

「我是要報告工作狀況。」

「……貝木，我確實說過要經常保持聯絡，但我的意思是我會主動聯絡。」

「這樣啊，那我誤會了。所以戰場原，可以趁著還有電車時出來一趟嗎？」

「啊？」

「我有事情想當面說。可以的話盡快。」

「…………」

戰場原沉默片刻，非常不高興地沉默片刻。

「明白了。」

但她還是如此回應。

我覺得她的心理強度真是了不起，不像是女高中生。我還以為她會氣得掛我電話。而且即使戰場原這麼做，我也不打算扔下這份工作。

「我就唯命是從吧。我是你的狗。至少從現在起兩個半月是如此。」

「哈哈，真不錯。我現在人在……」

我說出車站名稱，卻沒說飯店名稱。

即使是健全的市區飯店，成年人邀女高中生進入單人房也有損形象。何況現在是這種時節。

我說明會到車站接她。

這裡雖然是鄉下地方，但鬧區好歹有全天候營業的連鎖餐廳。我身為大人很想去可以攝取酒精的居酒屋，但那種地方同樣不方便帶女高中生前往。

「哼。」

戰場原出言詢問。

「貝木，希望你告訴我一件事，身為中年男性，可以對女高中生為所欲為是什麼感覺？」

「這個嘛，囂張小鬼秉持自知之明恭順低頭的樣子，至少是不錯的光景。」

「去死吧。」

她要我去死。

哪裡恭順了？

不過，我在結束通話之後低語。

「我在做什麼……」

我對自己的行動感到無奈。對自己無奈至極。

我從客觀角度看著欺負示弱孩子的卑劣自己，如同沉入床鋪般消沉……當然不可能。戰場原害我吃盡各種苦頭，光是這種程度，我只會覺得她活該。

不過，我真的對自己無奈至極。

即使不是第一天，我這一整天也認真工作過度，我明明已經在反省這件事，卻不知為何又在今天加行程。何況戰場原即使來得了這裡也回不去，電車終究會在我報告之後收班。

這樣的話，只能讓她搭計程車回去……那個女孩不可能有錢，所以我得付車錢，但是這筆費用終究無法列為經費。

這是完全不合邏輯、近乎浪費的行為。但我不討厭浪費，所以抱持這種心態就不會過於消沉。

不過，我其實想洗個澡、獨自吃完飯之後睡個好覺，現在卻又多安排一個行程，我打從心底盡是想質詢我自己在做什麼。

天底下居然有這種工作狂。

我也想過乾脆爽約，但是也不能將戰場原一個人扔在車站。

我深深嘆口氣，離開飯店。

抵達車站一看，戰場原以不愉快至極、不願意至極的表情，直挺挺站在剪票口前面。

具備我不想搭話的魄力。

比3D電影還要震撼。

無論如何，表情豐富是好事。

「……貝木晚安。你沒梳頭髮，我一瞬間認不出你。看來你穿這種衣服會完全變個像樣的人。」

她一見到我就這麼說。這番問候應該暗藏諷刺的意味，但我覺得既然這樣的「扮裝」對戰場原有效，總之我應該不用擔心會被附近的國中生圍毆。

「這麼說來，妳為什麼深夜還穿制服？」

戰場原是制服加大衣的穿著。毛線帽、圍巾加手套，禦寒對策很完美。雖然她各方面有所發育，但是寬鬆的羽絨大衣莫名適合她，這一點和兩年前沒變。

「我儘可能不想讓你看見我的便服打扮。我藉由穿制服，主張我始終只是基於工作需要而見你。」

「這樣啊。」

這麼說來，她昨天也穿制服。我原本不經意認為她是高中生所以理所當然穿制服，不過仔細想想，新年穿制服有著明顯的突兀感。我當然不會要求她穿和服就是了……

「羽川同學也從以前經常主張，別穿便服給討厭的對象看。」

戰場原又補充一段莫名其妙的小插曲。

這或許是一種玩笑話，但應該是只有她自己聽得懂的笑話。我這麼說完，只有戰場原一個人輕聲一笑。

總之，我也不在乎孩子打扮成什麼模樣，所以不打算抱怨。如果她不想讓我看衣服而不穿衣服，那我會很為難，但無論是制服還是什麼服裝，只要她肯穿衣服就不成問題。

毫無問題。

我在這時候結束彼此的服裝檢查。

「這附近有連鎖餐廳嗎？」

我如此詢問戰場原。

「什麼嘛，你邀請淑女卻沒預約餐廳？」

「我是相當不識趣又不懂人情世故的人，但在邀請淑女時當然會預約餐廳，所以我現在沒預約。」

「……………」

戰場原露骨咂嘴，說聲「往這裡」幫我帶路。妳想和騙徒拌嘴還早一百年。

我居然對孩子抱持優越感。

戰場原帶我來到的地方不是連鎖餐廳，是連鎖速食店 Mister Donut。這間店是二十四小時營業。我第一次知道 Mister Donut 有二十四小時營業的店。

戰場原這種類型的高中生，熟悉速食店的程度或許更勝於連鎖餐廳。因為連鎖餐廳基本上很難獨自進去。或許她是要為難我這個成年男性，才帶我到這種甜點類的店，但我愛吃甜食，所以如果她想為難我，那她的計畫就失敗了。

我沒告訴戰場原，我第二次見到阿良良木的地方，也是Mister Donut店內。但那個傢伙與那個傢伙的蘿莉奴隸是那間店的常客，所以我再也不能去那裡。

「我喝水就好，貝木，你自己點東西吧。」

「我可以請客。」

我試著隨口這麼說，得到正如預料的反應。

「這玩笑話不好笑。即使不是玩笑話，我也不想被你請客。」

「那妳立刻給我交出昨天的機票錢。這麼說來，咖啡廳的飲料錢後來也是我付的。」

「這……」

戰場原想開口卻打消念頭，大概是想辯解卻打消念頭吧。接著她輕咳一聲。

「請再稍等一陣子。」

「……妳講話顧慮一下前因後果比較好吧？」

我略感無奈這麼說。

這是難得為對方著想的發言。

「反正妳應該也像這樣，什麼都沒想就和千石撫子交談吧？」

「…………」

既然沒回應，就代表我應該說對了。兩年前，我對戰場原黑儀這個高中生的印象，在好壞兩方面都是只顧及眼前的事情，不考慮前因後果，不懂深思熟慮的傢伙，她這種個性似乎在交男友之後變本加厲。

阿良良木在搞什麼？這種地方才應該處理一下吧？

我到櫃檯適度點幾個甜甜圈，飲料則是點冰咖啡。原本覺得應該幫戰場原準備飲料，但她自己說喝水就好，那她就喝水吧。我沒道義這麼貼心。

話說回來，我之所以點冰咖啡而不是熱咖啡，是考量到有可能會再把飲料潑到戰場原臉上。

也就是以防萬一。

在我點餐、以集點卡集點、領取餐點的時候，戰場原幫忙找空位。店內在這時間當然沒有擁擠到需要急著先找座位，但我姑且道謝。道謝不用錢。

我坐下就覺得不對勁。

店內暖氣夠強，戰場原卻沒有脫掉大衣、帽子或圍巾的意思。

千石撫子在這種時候，她身邊的人應該會稱讚她很可愛而放任不管，但我沒有這種感性，何況對方不是千石撫子，是戰場原。

「妳為什麼不脫掉這身很熱的衣物？脫掉吧，看得好煩。」

我指著她這麼說。

「……我很想這麼做，不過仔細想想，這裡不是沖繩吧？」

「嗯？妳講這什麼理所當然的話？」

「沒有啦，所以說……即使離開居住地，也很可能被熟人看見，所以……」

啊啊，所以是當成追加的喬裝吧。

圍上圍巾戴上帽子，確實就很難辨認長相。雖說如此，我不免覺得她因而莫名引人注目，反而變得顯眼……

「……妳乾脆向阿良良木坦承比較好吧？只要妳別情緒化，誠心仔細有條有理地說明，他應該沒有不懂事到無法接受吧？」

「誤會？」

「話是這麼說……但阿良良木曾經誤會我和你的關係。」

「他誤以為你是我的初戀對象。因為你當時說了那個多餘的……應該說充滿惡意的謊言。」

「…………」

誤會。誤解。我想也是。正是如此。

現行的戀愛總是初戀。第一次真正喜歡某人。如果她想這麼解釋，我也不打算說得壞心眼。

「真是抱歉啊。妳明明只是被我騙，被我玩弄於股掌之間而已。」

我甚至抱持親切的心態這麼說，想讓戰場原心情舒坦一點，戰場原卻反倒像是受傷般扭曲嘴角，並且不發一語。

我猜不透這傢伙。她究竟要我怎麼做？

不對，她已經說過她的要求。

戰場原要求我「騙千石撫子」，如此而已。

除此之外的事都無須在意。

「戰場原，我想問個問題。」

「什麼問題？」

「當妳像這樣用餐，要暫時離開座位的時候，妳會帶著包包一起走嗎？」

「啊？怎麼忽然問這種事……至少和你用餐的時候會帶著走。因為不曉得你會做什麼事。」

「別拿我想像。這麼說吧，比方妳今天在阿良良木家慶祝新年，妳接我的電話而前往走廊的時候，會帶著自己的包包嗎？」

「……當然不會帶。就算是我也不會做這麼失禮的事。」

「嗯，我想也是。」

「為什麼突然問這種問題？」

「沒事，我只是覺得，千石撫子應該是在這種時候會確實帶著包包一起走的人。這是我今天見過千石撫子的感想。」

「……你見過千石撫子？今天？剛才？突然？」

戰場原像是睡意全消般睜大雙眼。看來這件事令她相當驚訝。

「這麼輕易就見得到……？好歹也是神啊……？這種事……還是說，你果然是真正的……」

「我是偽物。妳知道吧？」

「…………」

戰場原沉默下來，沒有再度詢問。或許覺得這是再怎麼問我也問不出來，撕裂我的嘴也無法逼我說出來的職業機密。但如果她真的問我，我並不是不會告訴她「我在賽錢箱放入一萬圓，千石撫子就登場了」。

不過，小心謹慎的戰場原沒有進一步詢問，所以我繼續說下去。

「那個傢伙這十三年或十四年的人生，大概從來沒相信任何人，也沒辦法相信任何人吧。我這麼認為。」

「……沒這回事。至少就我所知，她似乎全盤相信阿良良木。」

「如果真的是這樣，就不會發生這種事。總之這方面是阿良良木的錯，沒有辯解的餘地。」

我自認只是說出率直的感想，但戰場原或許覺得自己的男友毫無正當理由就被侮辱。

「你相當袒護千石撫子嘛。」

她以稍微蘊含怒意的聲音這麼說。

「你該不會實際見到那孩子之後，完全被她的『可愛』籠絡吧？」

「……？啊？我會這樣？」

我愕然回問。還以為她在生氣，卻突然講得莫名其妙。我跟不上孩子的情緒起伏。

「嗯……應該不會。」

戰場原似乎也立刻察覺自己講得莫名其妙，如此回應。

「不好意思，我承認完全是我的錯。」

「……我不得不說，妳這麼誠心為這件事道歉，反而令我不愉快……總之戰場原，千石撫子那女孩確實處於引人同情的環境。」

「同情……」

「我好歹也會同情。不過這是以前的事，那個傢伙現在似乎過得挺愉快，所以無所謂吧？即使對那個傢伙來說，這也是往事。如同妳和我的關係已經成為隨風而逝的往事。」

「你和我的關係沒有隨風而逝，也不是多久以前的往事……不對，我吐槽的方向錯了。貝木，用不著隨風而逝，你和我毫無關係吧？」

「也對。」

我沒反駁。毫無關係。正是如此。就當成現在也只是湊巧共桌吧。雖然我並不是想挑釁，不過總覺得話題步調從剛才就有點亂。看來我果然累了。

我將離題的話題移回原本的軌道。不，我決定乾脆從結論說起。

「戰場原，總之妳放心吧。」

「啊？」

「欺騙那個女孩易如反掌。」

019

「易如反掌……什麼意思？那麼危險的存在，那種超越人類的蛇神，你居然說欺騙她易如反掌……」

戰場原以嚴厲責備的語氣這麼說，如同以為我又在開惡質的玩笑。同時我也得知她表面倔強，心底卻將千石撫子視為恐怖的威脅。

大概是她這幾個月真的不斷戰鬥、抵抗，每次都承受無力感吧。

戰場原即使如此也沒放棄，這一點實在了不起，卻也因此無法輕易將我這番話照單全收。就算不是這個原因，她應該也無法將我的話照單全收。

這樣就對了。

「如果事情這麼簡單，我就不會特地委託你幫忙。」

「總之，妳做不到。阿良良木也做不到。這種事對你們難如登天。但我覺得即使不是我，只要是你們以外的人就可能做得到。」

看來我從結論說起是失敗的做法。我體認到這一點，決定還是按照當初的預定，從頭依序說明。

「千石撫子那個傢伙，是笨蛋。」

「…………」

「不是成績不好的意思。不對，她成績當然不好吧。她的心智年齡比實際年幼。大概是他人一直放任她的愚蠢與幼稚至今。」

「一直放任至今……」

戰場原複誦我的話語。

「……因為『可愛』？」

我判斷無須回答她這句確認般的話語，不做反應。

「對我來說，騙那個女孩比騙路邊瓢蟲還要簡單。反過來說，如果要教那個女孩乖法，教路邊瓢蟲乘法也比較簡單吧。」

我這麼說。

「……這樣終究講得太過火吧？」

戰場原居然幫她說話。應該說即使我講成這樣，她也無法接受我的說法。

這也在所難免。

先不提是真是假，她應該沒想到如今威脅他們生命的存在，居然是不如瓢蟲的笨蛋。

但這是事實。

至少對我來說是事實。

我無視於戰場原的心理抵抗，提出今後的計畫。

畢竟夜已深，以明快的節奏進行下去吧。

「總之，雖然沒辦法『立刻』解決……但我接下來大約每三天去那間神社一次，和千石撫子進行交流，慢慢加深交情、取得她的信任，然後大概會在下個月告訴她，妳與阿良良木已經車禍喪生。這樣就解決了。」

「你說解決……這種拙劣的謊言，很快就會被拆穿吧？別的不選，居然選車禍當理由，這是哪門子的金光黨詐騙？她一下山立刻就會拆穿謊言。」

「前提是她會下山。不過那個傢伙基本上不會下山。她應該只會為了殺害你們下山，但要是得知你們已經死亡，這唯一的理由就消失。」

「……你應該只是故意講得簡單，實際上當然會用花言巧語巧妙欺騙吧……不過照常理推測，千石撫子聽到這種事，應該會下山親眼確認我們的生死啊？」

戰場原這個疑問，應該說這個不安非常中肯，正是如此。

是的。照常理推測正是如此。

不過，如果我是以這種方式騙別人，我會準備假屍體、假戶籍、操作媒體，需要進行相當的程序，絕對不是十萬圓經費就能完成。

但千石撫子就沒問題。不需要準備這麼多東西。

「不會確認。那個傢伙不會確認，會把我的說法照單全收。無法以自己的手或頭髮殺害你們，她應該會覺得遺憾，但我不認為她會專程下山確認。」

「……你為什麼可以如此斷言？」

「和她講過話就知道。妳沒有好好和她講過話，但妳和她講過話也會知道。她過於受寵，過於撒嬌，基本上不會假設別人會欺騙她、對她說謊。她無法相信他人，相對的也不需要懷疑他人。她是在這種環境長大。」

總歸來說，就是一個不知道世間冷暖的嬌嬌女。換個方式來說，這也是遭受名為「疼愛」的虐待造成的結果。

「她是我半年前詐騙計畫的間接受害者，不過她本人或許不覺得受害。或許出乎意料覺得自己成為這種咒術的『詛咒』對象，只是陰錯陽差的結果。」

「……也就是對惡意很遲鈍吧。」

戰場原展現她的理解。不愧是年僅十八歲就嘗遍人生的酸甜苦辣，這樣的理解相當正確。

……她十八歲吧？

記得這傢伙的生日是七月七日沒錯。我兩年前幫她慶生過。當時她面無表情卻津津有味享用我買給她的蛋糕。

當時的戰場原當然還沒正式受騙，不會對周圍那麼疑神疑鬼，即使如此，她依然提防著標榜捉鬼大師的我。所以我費了不少工夫卸下她的心防。

想到這裡就覺得，要欺騙千石撫子太簡單了。

「總之，雖說如此，考量到失敗時的風險，這工作果然稱不上輕而易舉。萬一計畫被看穿，我應該會沒命。正因為她對惡意遲鈍，正因如此，即使是些許的惡意，一般來說可以不予計較的惡意，她也肯定無法無視。」

「……她就是因為無法無視、沒能無視，才會想殺阿良良木與我吧。」

「也對。我不知道阿良良木對那個女孩做過什麼事，不過……」

說到他做過什麼事，他似乎做過不少事，我明明不想知道卻還是知道了，但是向戰場原打小報告不是男人的作風。何況這應該不是直接的原因。

「反過來說，千石撫子執著於殺害你們，只是基於這種程度的心情。總之，千石撫子是國二學生，原本就是個孩子……但她成為神之後，似乎反而退化得更幼稚。對……或許可以形容為脫胎換骨。」

「………………」

「我當然不會因為說謊騙人就感到罪惡，正因如此，即使除去這一點，這次的工作也很輕鬆。因為只要傳達你們的死訊，千石撫子十之八九會進一步解放。她意外地會成為一個好神吧？但她當然得再穩重一點，才能展現神的威嚴。」

我回想起千石撫子。回想起那張無憂無慮的笑容，以及她開心述說的模樣。她在人類時代絕對不可能展現那麼直爽開朗的態度吧。

我回想起因為毫無香客造訪而表示寂寞的那個女孩。

「……所以放心吧。你們大致已經得救。太好了，你們不用死了。妳進入春天就是花樣大學生，可以盡情和阿良良木恩愛，過著糜爛的生活了。總之問題在於阿良良木是否考得上大學，這部分只能期待當事人好好努力。啊，此外還有一個問題，就是要怎麼告訴阿良良木這件事已經解決。想到那個傢伙對我的誤會，總不能老實說是我騙了千石撫子吧。」

「………………」

我說到這裡想起還沒吃甜甜圈，拿起蜜糖波堤。我相當喜歡這種神奇口感。

接著，戰場原似乎是跟著我的動作，拿起我面前的甜甜圈（酥軟夾心圈），稍微放鬆圍巾之後一口咬下。

就這樣慢慢食用。

「這是在做什麼？妳不是討厭被我請客？」

「搶來的就沒關係。」

「妳的基準真怪。」

我嘴裡這麼說，但這是我很清楚的情感。我甚至覺得中肯。

「阿良良木那邊……我會想辦法，不會勞煩你……」

「我當然希望這樣……但是沒問題嗎？要是我騙過千石撫子之後，那個傢伙依然和至今一樣大搖大擺跑去北白蛇神社，一切都會泡湯。」

「……要是扔著阿良良木不管，他確實可能會去。至今也一樣，阿良良木的行動在某方面來說，與其是為了自保，更像是為了拯救千石撫子。」

「為了拯救……」

「他就是這種人。」

「…………」

不過，他是以什麼目的拯救？

阿良良木心目中的拯救，大概是要將千石撫子「恢復為人類」吧。不過他自己就是成為半個吸血鬼之後沒有恢復、不想恢復為人類的傢伙，他有資格這麼做嗎？我很在意他在這方面如何給自己一個交代。

不，我不在意。這種事無所謂過頭。

我只在意那個傢伙的愚蠢行徑，將會破壞我完美的工作。半年前那一次，我只需要撤退就好，但這次甚至也攸關我的性命。

我重視金錢大於生命，但我好歹知道生命和金錢不同，失去就無法挽回。生命一旦失去就無法挽回。絕對無法挽回。

「妳真的會想辦法吧？如果妳只是逞強……也就是說，如果妳只是不希望阿良良木和我有所牽扯才逞強這麼說，妳最好趁現在承認。」

「我並不是沒有這種想法……應該說我大多是這種想法。但我覺得欺騙阿良良木不是你的工作，是我的工作。要是我連這方面都藉助你的力量，我將無法繼續當阿良良木的女友。」

「……無聊的自我陶醉。」

我清楚這麼說。因為我覺得這是無聊的自我陶醉，沒有其他理由。不過既然她這麼說，我就決定交給她處理。

如同戰場原不想讓我見到阿良良木，我也不想見到阿良良木。

「我只能努力說服阿良良木放棄千石撫子的事……不過永不放棄才是阿良良木的個

性……這才是我迷戀上的男人。」
哎呀哎呀，真不害臊。
聽她這麼說，我也想講幾句壞心眼的話。
「我有個好方法，就是逼阿良良木選擇『我和千石撫子誰比較重要』。既然妳是這麼煩的女人，那個傢伙終究會放棄千石撫子。」
「……恕我失陪。」
戰場原沒回應我的挖苦就離席。原本以為她氣得要回家（但電車已經收班，我想她終究不會一個人回去）卻不是如此，她只是去一趟化妝室。
而且確實帶著包包一起離開。
很不錯的心態。
這女人總是令我佩服。
先不提我的調侃，也先不提戰場原要如何說服阿良良木，不過應該沒必要感到如此不安。
仔細想想，雖然時間不長，但戰場原在鬥嘴這方面算是我的徒弟。雖然她基於對戀人的誠意應該不會露骨欺騙，但肯定可以巧妙說服阿良良木。
阿良良木應該也會得知某種程度的真相，在這個基礎上被說服，甘願被她說服。
對那個傢伙來說，這應該是痛苦的決定，但她應該趁這個機會學習到，世間並非凡事都能順心如意。否則阿良良木總有一天真的會成為千石撫子。

總之這方面是他們兩人的關係。情侶關係。

所以不關我的事。

我是旁人、是外人，毫無關係的我不應該涉入這種事。他們就儘管繼續玩這種戀愛遊戲，永遠玩這種戀愛遊戲吧。

雖然工作還沒結束，應該說還是完成準備、正要上工的階段，但我在這個時間點就覺得稍微放下肩上的重擔。

堪稱已經確定工作會成功。

不過，我天生疑心病重的個性，在這種狀況依然會看出不安要素。是的，並非沒有無須在意的地方。

比起阿良良木今後的行動，我原本更應該在意的是……

「……久等了。」

戰場原回來了。

我姑且想在形式上為剛才的調侃抱歉，但我看到她就嚇了一跳。不只是嚇了一跳，還啞口無言，堪稱著實中了一記冷箭。

戰場原眼角變得通紅。

再怎麼遲鈍的人看到這一幕，也可以輕易推測她在化妝室哭到眼角紅腫才回來吧。

而且看來不是普通的掉淚，是號啕大哭，否則不會腫得像是被暴徒毆打般嚴重。仔細一看，她似乎還在噙淚。

「貝木。」

戰場原開口了。

聲音也依然哽咽。

「謝謝。感謝你。」

020

戰場原受到千石撫子的「死刑宣判」，是距今兩個月前的十一月。代表她一直和死亡恐懼奮戰到今天。

因為混入不死之身吸血鬼的血統而死過好幾次，數度體驗死亡的阿良良木，當然也並非感受不到恐怖，但是肯定比不上戰場原感受到的恐怖。

所以，戰場原黑儀總算能在這時候鬆懈下來吧。

即使如此，她沒在我面前哭泣，而是逃進化妝室。這不是可愛，是有趣。

如果只是自己得救，那個女人或許會倔強不掉淚。但是既然連戀人也得救，她應該不得不落淚吧。

她就是這種女人。就是這種笨蛋。

總之，接下來已經不用多談（戰場原進入想說什麼都只會毫無脈絡向我道謝的模式，有夠礙事），所以我帶戰場原離開Mister Donut，塞給她一張萬圓鈔，把她當成行李推進計程車送她回家。

雖然沒機會說出內心所剩的擔憂，也就是「原本應該在意」的事，不過就藏在我心裡別告訴戰場原吧。

而且我確實是因為欺騙千石撫子過於易如反掌，才會硬是尋找不安要素，試著維持內心平衡。

我目送戰場原搭乘的計程車穿越路口，回到下榻的飯店，然後更新筆記。

並不是記錄工作。我這種職業留下這種東西過於愚蠢。

不是日記，始終只是今後工作的計畫書，通往未來的筆記。我非得增加地圖情報才行，不能老是使用老舊的導航系統。

後來我打了好幾通電話，打給入夜才會醒來的某些傢伙。

該說預先布局還是行前準備的準備，就是這種感覺。欺騙千石撫子本身易如反掌，就算這樣也不能偷工減料。

應該做好萬全準備，排除萬難再挑戰。

「而且棘手的是……經費吧。」

我在筆記本的地圖畫上千石撫子的頭像以及賽錢箱，並且如此心想。我在賽錢箱畫上「↓」，也畫上福澤諭吉的臉。（註3）

是的。換句話說，這就是沒機會告訴戰場原的「原本應該在意」的事。

「見一次要一萬圓……從必要經費的餘額計算，只能再去見五次。」

千石撫子，是個花錢的女人。

為了贏得千石撫子的信賴，為了讓交情加深到能告訴她阿良良木已死（只要說得出這件事，她將會乾脆地照單全收，問題在於交情是否夠我提及這件事），很遺憾只見五次面應該不夠。

我向戰場原提議三天去一次，不過可以的話，甚至每天都去見她比較好。記得這叫作百度參拜之類的。

我雖然對戰場原說過，必要經費超過十萬圓的時候會請款，但實際上應該不可能向她回收債權吧。

即使那個傢伙是優等生，這也是不良債權。

具備那種才華的女孩，根本不用賣身，光是普通打工或是幫父親工作應該也能賺點錢，但要是和那個傢伙打交道太久，對我來說很危險。

註3　日幣萬圓鈔上的人物。

工作完成之後，能回收多少算多少並且早點走人，才是我的正確做法吧。

雖然何其離譜，或許是第一次，但是在這次的工作，我看來非得面臨分擔支出甚至虧本的覺悟。

居然會這樣。

雖然這麼說，想到至此就可以和戰場原黑儀斷絕往來，我內心只湧現清爽又開朗的感覺。

我在寫完筆記的深夜三點多就寢。

021

隔天早上，我等到開店時間，先前往鬧區的書店。不是因為我定期閱讀的雜誌今天出刊，何況我沒有定期閱讀的雜誌。雜誌是什麼？很雜嗎？

我檢視自動門旁邊的店內導覽圖，看見「兒童圖書區」位於七樓後搭電梯。

我立刻找到要找的書。《翻花繩全集》。

這是規模較大的書店，店裡某個書架應該會有更加正統、適合大人的教材，但我覺得買了也看不懂。我不是說我，是說千石撫子。

依照那個女孩的智力等級，嗯，大概是這種程度。

我不喜歡包書套，書店的櫃檯店員卻沒問我是否需要就擅自包書套。我有點不耐煩，但只是有點而已。身為大人沒必要吹毛求疵。

我當然不是想把這本書直接拿到北白蛇神社當慰問品，這麼做會搞砸計畫。到時候千石撫子或許會向我道謝，但佩服的對象將是這本書。

所以我接下來要記住書中內容，吸收為自己的知識並且習得技術，再向千石撫子表演，這樣我的股價才會增加。

……這樣好像在對一個純粹的女國中生打腫臉充胖子，我有點討厭起自己，卻還是解釋為工作而看開。應該說我並沒有討厭自己。

為求成功不擇手段，這是理所當然。

我離開書店，就這樣進入附近的星巴克，點一杯大杯濾泡黑咖啡飲用。

我沒以頁數順序閱讀《翻花繩全集》，記憶招式名稱與做法，並且察覺到要是手邊沒有花繩，即使記得步驟也沒什麼意義。

要是手邊有繩子之類的東西就好，但我運氣沒有好到這麼稱心如意。我思索片刻之後起身去拿幾張紙巾回來，以身上的筆畫圖。

換句話說，我只是照著書上的圖畫一遍，不過如同我在工作前會畫想像中的地圖，只要親自畫過一次，印象就會植入腦海。至於我是否真的學會，坦白說只能在直接上陣時確認……

「好，記住了。」

我試著這麼說。只是試著這麼說。我當然不需要在今天之內記住整本內容，總之先挑孩子可能感興趣的幾個招式記住就好。

我以暫時告一段落的心情闔上《翻花繩全集》。闔上之後，我的視野當然變寬敞。變寬敞之後，我發現不知何時有人坐在我座位的正對面。

店裡客人沒有多到必須共桌，即使客人很多，我覺得也沒什麼人敢坐在我對面，不過現在的我並非穿著戰場原所說「像是喪服的西裝」，所以狀況或許和平常不一樣，何況對方是我認識的式神斧乃木余接，所以我可以接受。

「咿耶～哥哥，勝利勝利～」

斧乃木這麼說，單手拿著看似很甜，大概是自己點的飲料，面無表情以另一隻手擺出勝利手勢。

「………」

她的角色個性又變了。

看來她交到壞朋友。

022

「貝木哥哥久違了，多久沒見面？」
「不准叫我哥哥。」
我暗自感謝店員幫我為《翻花繩全集》包書套，隨手將書放到一旁。
「我說過叫我貝木就好。」
我如此訓誡斧乃木。這麼說來，我回想起千石撫子昨天叫我「叔叔」。
被叫「叔叔」令我憂鬱，被叫「哥哥」則是令我噁心。
「是嗎？但我基於立場，不能直接叫你的名字喔，咿耶～」
想說她這番話只有態度可嘉，但她不知為何在最後比個勝利手勢。
「和阿良良木成為好朋友了？」
我這麼問。我理所當然推測她交到的壞朋友是阿良良木。到頭來斧乃木……應該說影縫會知道阿良良木這個人，就是我提供的情報。
想到這裡，就覺得斧乃木像這樣變壞的部分責任在於我。或許是我多心吧。
「啊啊，說得也是。說到多久沒見面，大概從我提供阿良良木的情報給妳們之後就沒見面吧。影縫那傢伙怎麼了？難道在這附近？」
「不，姊姊她……喔，這是祕密。」

「祕密？」

「不能透露的意思。」

斧乃木說完，一口口喝著看似很甜的飲料。原來如此，斧乃木讓我學會「祕密」這個詞的意思了。不過「祕密」或「不能透露」對我來說都完全沒意義。

看來那個暴力陰陽師扔下女童式神，不曉得又在哪裡做什麼。那個傢伙基於和我不同的觀點，是比我還危險的人物，我自認頗為注意她的動向，卻經常失去她的消息。

而且現在也正失去她的消息。

「極端來說，無論影縫在哪裡做什麼，別妨礙我做生意就完全無所謂……雖然這麼說，斧乃木，妳的職責是監視影縫吧？妳究竟在做什麼？」

「我是來你的。」

「？」

來你？什麼意思？

「……我是來見你的。」

我剛這麼想，她就如此訂正。

還以為有什麼深刻的意義，看來只是口誤……怎麼回事，這也是和壞朋友來往的結果？

「臥煙小姐派我來的。」

「臥煙……？」

忽然提到的這個姓氏，使我的緊張感一鼓作氣達到極限。光是臥煙這個姓氏就足以令我緊張，而且斧乃木所說的臥煙不會是別人，正是臥煙學姊。

是臥煙伊豆湖。

「接下來是臥煙小姐的忠告。」

「不，慢著，我不想聽，別說。」

「她要你收手。」

斧乃木不在意我的抗拒這麼說。這傢伙在這方面還完全沒學習人類的情感。我希望阿良良木如果要教就別教勝利手勢，而是這種貼心的態度。

要是被我這麼說就完了。

不過……

「收手……？」

「從這座城鎮收手……唔～她是怎麼說的……臥煙小姐吩咐我別修改內容直接傳達，可以的話，我想據實轉達她的話語，但我記得不是很清楚……」

「妳真的很不適合當信差。」

「咿耶～」

勝利手勢。

我不忍正視。

「『你這種人』……」

即使如此，斧乃木似乎還是回想起來了，她模仿臥煙學姊的語氣開始說。相似度勉強讓我聽得出她在模仿，換句話說沒有模仿得很像。

真要說感想，就是心情被刺激到不太愉快。

「『別攪亂那座城鎮。那座城鎮雖然反常，卻處於某種程度的穩定狀態。貝木，要是你做了無謂的事情，可能會搞砸或是比原本還慘。所以收手吧。』勝利勝利～」

「……最後那句是臥煙學姊說的？還是妳最近的角色個性？」

「是我最近的角色個性。」

「這樣啊。再說一次就扁妳。」

我威脅女童。不過我這樣好像阿良良木。

「還想喝什麼飲料嗎？」

所以我說這句話討好她。

「貝木，你講得好像鬼哥哥。」

很遺憾，到最後包含這一點在內，我似乎都很像阿良良木。這是必須覺得丟臉的事。

「飲料還有，所以不用了。不過……我想吃熱騰騰的巧克力司康。」

「妳剛才侮辱我像是阿良良木，妳以為我還會請客？」

我原本就只是當成對話隨口問問，不打算請客。

「不用找。」

此時斧乃木暫時起身，從裙子取出一張摺好的千圓鈔。看來是摺起來夾在某處。她大概不習慣隨身帶錢包吧。

我默默接過紙鈔前往櫃檯，請店員好好把巧克力司康加熱，取餐回座。

「辛苦了。」

「哼。」

我聳肩回到斧乃木正前方，雙手抱胸挺起上半身。

「臥煙學姊似乎很了解我，卻出乎意料不了解我，傷腦筋。她要我收手，我肯定反倒會提起幹勁吧？」

「她說有必要的話會付錢。」

斧乃木啃著我端來的巧克力司康看向我。她嘴裡糊成一團，看起來很噁心。我再度認為這個女童不擅長吃東西。

「其實剛才的一千圓，也是臥煙小姐交給我保管的。」

「膚淺。別以為錢買得到人心。」

我這麼說。總之，一輩子至少說一次這種話也不錯吧。順帶一提，我平常總是說人心不值錢。

「順便問一下，多少錢？」

「…………」

斧乃木沉默片刻之後，說出金額。

「三百萬圓。」

即使星巴克算是高級咖啡廳，這也不是會出現在這裡餐桌上的金額。

三百萬圓。這確實是一大筆錢，不過具體來說可以買什麼？對了，可以再買一張貴賓通行證，一年可以搭六百次飛機。真美妙。不只是用不完的程度，而是絕對會有一整張沒用過。

不提這個，我開始思考。

換句話說，至少這是值得我考慮收手的金額。

「我拒絕。不准把人看得這麼廉價。」

但我整整思考三十分鐘之後這麼說。光明正大這麼說。這也是我這輩子想說一次的臺詞。不對，是我以為這輩子連一次都不會說的臺詞。但兩者大同小異。

「幫我回去問她是不是少了一位數。」

「很遺憾，我在這個時間點已經聯絡不上臥煙小姐。該說音信杳然嗎？是斷訊狀態。想問的話就自己問吧，貝木哥哥……貝木。」

「…………」

真是沒用的傢伙。沒用的式神。

不過，我同樣聯絡不上臥煙學姊。應該說沒人能主動聯絡上那個女人。那個女人只會在自己有事、自己感興趣的時候擅自接近過來。

不只如此，她也會只從遠方出一張嘴。而且是擅自這麼做。

「總歸來說……」

斧乃木再度開口。看來接下來不是轉達臥煙學姊的話語，是她個人的解釋。

「我覺得臥煙小姐是擔心貝木工作失敗造成的結果。」

「擔心？臥煙學姊會擔心？真好笑，挺有趣的。」

「……不，我覺得她當然相信貝木會成功。我覺得那個人由衷信任自己優秀的學弟。」

「…………」

這女童自然而然就令我不愉快。

又是相信又是信任……居然面不改色講這種話，不曉得她是接受何種教育。

「貝木想騙千石撫子吧？」

「這個嘛，妳說呢？」

我試著裝傻。正確來說是在表現「自己在裝傻」的樣子。即使是明顯的謊言也並非毫無意義，我在默默主張自己不想和她正經討論這種事。

忍野經常這麼做，我也經常這麼做。

「……嗯，應該會成功。以貝木的才華，不對，沒這種才華應該也一樣，欺騙那個孩子易如反掌。」

她說「易如反掌」。

講得像是昨晚聽到我與戰場原的對話。

或許是聽臥煙學姊說的。

「但是失敗時的風險太高。千石撫子現在擁有的神力，足以輕易毀掉一座城鎮。要是她察覺自己受騙而使性子……到時候不會只是一兩人受害。」

「使性子……又不是小孩子……」

我說到一半噤口。

她是小孩子沒錯。

而且如今比實際年齡還幼稚，也就是「嬰兒化」的孩子。

「即使十之八九會成功，要是沒成功的時候會有核彈打下來，沒人會冒這種風險吧？賭博不是看勝率，是看風險下注。」

「不准對我大談賭博經。」

「也對。」

斧乃木率直認同般點頭，以她的個性難得如此。

「不過，嘴裡這麼說卻插手處理可以放任不管的事，攪亂已經穩定的狀況，做這種事的人只要有忍野哥哥就夠了。臥煙小姐大概是這個意思吧？」

「…………」

意思是我的所作所為和忍野一樣？

那就是最高等級的侮辱。

同時我也覺得，如果現在位於這裡的不是我，而是忍野……如果戰場原成功找到忍野求助，臥煙學姊肯定不會這樣干涉。我想到這裡就覺得羞愧。

只能說是惡有惡報。

「不過……也就是說，既然臥煙學姊講得這麼熟悉那座城鎮，代表她也去了那座城鎮？」

「我就公開真相吧，到頭來，就是臥煙小姐努力讓那座城鎮維持正常運作。沒有啦，我也是不久之前才知道這件事，所以不太清楚。」

「正常？」

根本不正常吧？

千石撫子變成那個樣子，戰場原與阿良良木生命面臨危機，這種狀況究竟哪裡……不對。

從這種微觀角度，那座城鎮現在確實大亂，不過仔細思索並觀察就會發現，神降臨堪稱城鎮氣袋的神社之後，現狀在靈力層面或許逐漸變得很「正常」。

所以我在妨礙運作？

因為我去騷擾千石撫子？

「我……不太明白。換句話說，是臥煙學姊將千石撫子打造為神？那個人是幕後黑手？」

「不，有點出入……原本不是預定要讓千石撫子這個人類成為神。臥煙小姐當初的計畫，似乎是要讓高齡老者……更正，唔，叫什麼名字？是要讓前姬絲秀忒．雅賽蘿拉莉昂．刃下心成為神。」

「…………？」

我越聽越糊塗。臥煙學姊想將阿良良木曆的蘿莉奴隸打造為神……這麼一來將會怎麼樣？將不會怎麼樣？

「那個吸血鬼曾經被拱為神，應該會適任，卻因為某個疏失，應該說不知為何遭到某人介入，導致這個工作落到千石撫子身上……」

「這樣啊……」

總之，即使我當時的行徑成為起因，我也不認為國高中生的戀愛遊戲會直接造成神的誕生，原來是基於這種隱情。與其說是隱情更像是祕密。

「因為到頭來，那座城鎮的靈力是因為前姬絲秀忒而亂掉。我覺得這麼做是要當事人負起責任……」

「妳剛才說遭到某人介入，這個某人是誰？臥煙學姊應該知道吧？」

「應該知道。應該說我認為她早就知道，只是沒告訴我這麼詳細。但我推測或許是某個祕密組織。」

「這樣啊，妳就儘管推測吧。」

和式神認真打交道也沒用，所以我沒追究。反正臥煙學姊應該只提供必要最底限的情報給這個女童，不，甚至連必要最底限的情報都沒提供吧。

或許臥煙學姊的目的，正是要我白費力氣打聽消息。但我像這樣猜測她的想法，正是徒勞無功的行徑。

「現在絕對不是臥煙小姐期望的狀況。不過現狀確實也不差。咿……」

斧乃木欲言又止。她大概原本想喊聲「咿耶～」卻打消念頭。看來她姑且具備學習功能。

「……耶～」

我才這麼想，她就這樣喊完了，似乎是到最後來不及煞車。不過原本要舉起來擺出勝利手勢的手勉強放下。

我覺得身為男人，應該依照承諾痛扁這個女童，但我寬容理解這應該和止不住打噶是相同道理，所以決定放她一馬。

假裝心胸寬闊真不錯。

「總歸來說，無論是誰都好，得有人在靈力亂掉的那座城鎮成為神……？」

戰場原罹患怪病是距今兩年以上的事，我覺得很難把問題全都歸咎給阿良良木的蘿莉奴隸，不過我的詛咒「顯現」在千石撫子的「身上」，確實是那個吸血鬼的責任吧。

……也是我的責任。

「嗯。姊姊與我前往那座城鎮之後，臥煙小姐似乎就這麼認為……但我不知道詳情。如果真的想知道，就直接問臥煙小姐或姊姊吧。」

「……兩人我都不想問。」

「我想也是。我們這種跑腿角色用不著知道細節。」

斧乃木這麼說。我很難原諒她把我一起歸類為跑腿，但我覺得從斧乃木的立場來看或許如此。

包括我、影縫余弦、斧乃木余接，所有人都是臥煙學姊的跑腿。到頭來，和臥煙伊豆湖相關的人都是她的「跑腿」。那個女人看似親切，卻處於美妙的統治地位，要說例外就真的只有忍野咩咩。

不過這個忍野現在杳無音信。

「總之就是『收手』。我接到的命令，就是把這兩個字轉達給貝木。而且貝木現在從臥煙小姐收到的命令是『收手』。」

「……我肯定回應過。我拒絕。」

我這麼說。

「既然沒辦法幫我轉達，那就不用轉達。又不是求職面試，應該不用特地讓她知道我的意願吧。」

「我想起來了，我忘記轉達一段話。」

斧乃木終於吃完巧克力司康之後這麼說。或許是大腦補充糖分使記憶復甦。

「『如果不收手，我和你就再也不是學姊學弟的關係。』」

「…………」

她至今警告我「收手」很多次，我則是有時候收手、有時候沒收手，但我第一次聽她以如此威脅的態度警告。

原來那個人會講這種話。我甚至有種遭到背叛的感覺。雖然很荒唐而且很可恥，但我即使再三強調懷疑很重要，我在某處，在內心的某處似乎依然信賴臥煙學姊。

我以為她再怎麼樣也不會如此蠻橫強勢，再怎麼說也會尊重個人的自由。

教訓。

我應該在這次的事情得到什麼教訓？

「貝木哥哥，你要怎麼做？」

斧乃木如此稱呼我。與其說這是不小心忘記我的吩咐而失言，應該說這是她表現的一種關懷、一種讓步，總之是這一類的東西。或許是給我這個彆扭的傢伙一個提示，以免我這時候做出錯誤的決定。

你位於這一邊對吧？

她似乎是以叮嚀的語氣確認這一點。

我開始思考。剛才也思考過一次，但這次思考得比剛才更深入。我回想起昨晚所看見戰場原哭腫的臉，以及那番道謝的話語。不是對別人，是對我這個人的道謝話語。

以及我和臥煙學姊的關係、利害關係。

我回想起她提供的三百萬圓。

「斧乃木。」

然後，我這麼說。

這次不需要三十分鐘。

「明白了，我收手吧。」

023

我當然沒有收手的打算。我從斧乃木那裡拿到三百萬圓之後，就這麼前往北白蛇神社。

總之有了這筆錢，接下來的千石撫子指名費……更正，用來叫她的香油錢就得到保障。我很高興再也不用擔心參拜千石的問題。一天一萬圓的話是三百天，即使在畢業典禮之前每天造訪也能剩下一大半。

連機票錢與住宿費都得到保障，我非常快樂。這麼做的代價當然是得和臥煙學姊為敵，不過仔細想想，她原本就像是敵人，藉機斷絕往來反倒有種清爽的感覺，還拿到一筆分手費，簡直是萬萬歲。活在世間真的可以這麼順心如意嗎？

我以爽朗的心情上山參拜北白蛇神社。與其說參拜，不如說朝賽錢箱投入萬圓鈔。

「撫子來也！」

蛇神大人以昨天的節奏現身。記得東急 HANDS 有賣這種存錢筒？我這麼想。

「啊，貝木先生！你來了！」

「當然，因為我是妳的第一號信徒。」

看來我似乎很喜歡這種胡鬧的說法，繼昨天之後又這麼說。千石撫子聽完露出開心的表情（不曉得她究竟多渴望有信徒），但我覺得光是這樣不太夠力。

「其實我有一個非常非常想實現的願望，所以決定在這間神社百度參拜。」

我如此補充。

「百度參拜啊～撫子也做過……好像吧……又好像沒做過？」

千石撫子說得含糊，並且歪過腦袋。與其說她記憶模糊，不如說這件事對她來說不重要。那就表示她想這麼做卻受挫失敗，大概是這麼回事。

「所以，貝木先生的願望是什麼？是撫子能實現的事？」

「……這個嘛，一言難盡。」

千石撫子太沒威嚴，我忘記這傢伙就是我當成百度參拜對象的神。

如果要進行百度參拜，我就非得向千石撫子說出不存在的願望。

看來不提是否是我有生第一次，但我非得進行我記憶中第一次的求神行徑。

「一言難盡，所以是哪件事？戀愛諮商之類的？類似這樣？」

千石撫子說出這種話。大概是和她自己抱持的問題，應該說自己曾經抱持的問題重合吧。

「到了貝木先生這個年紀，戀愛諮商會是結婚意願嗎？」

「荒唐。」

我感覺自己的語氣變得有點正經。我不免覺得在這種時候提出接下來這個主張根本沒用，但我沒阻止自己，繼續說下去。

「妳玩過『勇者鬥惡龍』這個遊戲嗎？」

「嗯？撫子沒玩過，但撫子知道這個遊戲。」

「那妳應該明白，那個遊戲是在打倒魔王的過程存錢玩樂的ＲＰＧ。」

「是這樣嗎……？」

「不過，要是被怪物打倒而死掉，好不容易存的錢會減半。」

「嗯，說得也是。撫子知道。」

「結婚也會發生同樣的事。」

我在眼神注入力道這麼說。

「換句話說，結婚和死亡同義。」

「……那個……」

千石撫子露出為難的笑容。

或許她正在為難。

「那、那麼，和比自己有錢的對象結婚不就好？」

「妳不懂。我討厭自己的錢變少，並不是能從對方拿更多錢就好。」

我越說越熱中，因此稍微回過神來，做個總結。

「總之不是結婚意願。這件事一言難盡。」

別說一言難盡，這個願望本身就不存在，我用盡千言萬語也說不出來。

「即使如此，若要硬是一言以蔽之，就是希望生意興隆吧。」

「生意興隆……」

千石撫子依照我的發音複誦。她不會寫的應該是「興隆」兩個字。如果不會寫「生意」就真的是一大問題。

「那個……貝木先生的工作是什麼？」

「這也一言難盡。」

其實很好形容，「騙徒」兩個字就能解釋清楚。但要是這麼說，我的計畫就會毀掉。她即使忘記貝木泥舟這個名字，好歹也記得自己因為某個騙徒的企圖而成為「咒術」的受害者。

即使可能忘記，要嘗試這種事也過於危險。

「總之，今後我會再來這裡一百次，嚴格來說是還有九十八次。不用著急，我會慢慢告訴妳。」

「……嗯！說得也是！」

千石撫子大概是終於從我這番話察覺到我想打馬虎眼，但她掛著滿臉笑容，如同這件事不重要，她更高興我會再來九十八次。

她是會以正面情感抵銷負面情感的類型。好羨慕她的人生如此單純。不對，這已經不是人生，她生為人的時候肯定是更加消極的少女。

然而如今，她成為這種類型。

「貝木先生要慢慢告訴撫子喔！撫子會聽你說！因為撫子是神！」

「…………」

她真強調自己是神。我如此心想。

大概是剛成為神很開心吧。或者是再也不是人類很開心，想要如此主張。

真相並不重要，但是無論如何，這超越我的理解範圍。而且也無須理解。

「那麼，總之今天教撫子翻花繩吧！依照約定！你昨天教的招式，撫子大致都學會了！」

千石撫子離開主殿，一個翻身跳過賽錢箱，跳到我身旁。她的運動細胞與頑皮模樣真了不起。

她還是人類的時候，果然也是這樣嗎？

她跳過賽錢箱，也就是跳過放錢的箱子，我不得不說她不敬，但實際上很難說。千石撫子已經抽走我放入的萬圓鈔，既然賽錢箱是空的，感覺神要不要跳過去是神的自由。

「花繩是吧？」

我暗自得意並且點頭回應。預習很完美，我可以在腦中完全重演。而且那本書（雖然暫時藏起來，結果還是）送給式神女童了（我還沒全部背下來，但還是大方送她），所以我手邊沒有證據，不用擔心被她發現我假裝成高手。

「好吧。拿我昨天給妳的花繩出來。」

雖說是花繩，其實是我即興製作的繩圈。

「啊，撫子後來一直玩，結果那條斷掉了。」

千石撫子毫不內疚報告自己早早就弄壞我的禮物。但那條繩子原本就是不清楚用在哪裡的神祕繩子，我對此生氣也不夠穩重成熟。可是，這下子怎麼辦？

我剛才直接從星巴克過來，早知道應該買條正統的花繩。但我不曉得正統花繩和我製作的花繩差多少。

「所以撫子用這個當成替代品練習！」

千石撫子說著取出一條繩圈。什麼嘛，原來她拿附近湊得到的繩子做了一條花繩。太好了，這樣就沒問題……我原本這麼心想，但是問題可大了。

千石說完取出的是白蛇環。恐怕是她扯下自己頭髮製作的。

這條細長的蛇含著自己的尾巴，有種銜尾蛇的感覺。千石撫子笑咪咪地要將這條恐怖的花繩遞給我。

「貝木先生！玩吧玩吧！」

「…………」

我確切感受到必須將腦中的模擬內容重組一次。沒想過可以用蛇製成花繩就來到這裡，我對自己的愚昧感到羞恥，同時覺得非得修正我對千石撫子的認知。
這個女孩是笨蛋，而且是瘋子。
頭腦不好、頭腦有問題。

024

我和又笨又瘋，頭腦不好又有問題的千石撫子嘻嘻哈哈玩到傍晚，下山經過好一陣子之後，察覺到有人跟蹤。
我在察覺的瞬間，雙腳就下意識地遠離車站。這部分該說身經百戰還是老奸巨猾，是植入身體的危機迴避意識。
我經常是享受刺激感的自我毀滅型人物，卻意外地會基於本能選擇安全做法的樣子。貝木泥舟終究也是凡人。我想到這裡就好失望。不，我非常喜歡這樣的自己，有著可愛的一面。我不曉得千石撫子怎麼想，但是對我來說，「可愛」是稱讚詞。
「…………」
我沒有轉身，維持從容的步調，刻意加快腳步。路面積雪，我差點滑倒。
仔細想想，雪國是易於跟蹤的區域。因為腳印會清晰殘留，雪可以消除腳步聲，而且只要稍微飄著雪花，跟蹤者就可以完全藏身。

既然我已經察覺，只要利用轉角或死角，我當然有機會查出跟蹤者的身分，要是轉過身去使出成人的真本事衝刺，或許也可以逮到跟蹤者。但是也可能逮不到，而且要是逮不到，只會讓對方察覺我發現有人跟蹤。

這麼一來，那些傢伙（？）應該會採取下一個手段，採取不會被發現的下一個手段。這樣很棘手。

所以我置之不理，完全不努力試著查出對方的身分。不努力實在是很簡單的事，至少比努力簡單。

我找個適當的地方招計程車，告知司機的不是飯店名稱，是車站名稱，而且不是最接近飯店的車站，是隔一站的車站。

無論跟蹤者是誰，我不認為對方現階段會不惜跟蹤計程車，總之以防萬一。

在東京或大阪這種大都會就算了，要是在這種鄉下城鎮進行飛車追逐式的追蹤，我反而會高興對方有這個心……正如預料，沒有車子跟蹤我搭的計程車。

看來對方放棄了。輕易放棄。不，或許只是今天到此為止，或是我這種小伎倆沒什麼意義，我下榻的飯店或許出乎意料已經有人監視。

對方是誰？我自此首度思索。

老實說，跟蹤的可能人選太多，招致他人記恨的印象過多，我完全不曉得可能是誰，何況這裡又是我行騙過的土地。

「雖然這麼說……」

我如此低語。

可能性最高的，當然是臥煙學姊（不對，她已經不是需要稱為學姊的對象）的「跑腿」。

我騙得過斧乃木，但我不認為騙得過臥煙學姊。大概是學姊得知我背叛……更正，得知我為了純真少女下定決心做出「不收手」這個美麗的選擇之後開始監視我。不過斧乃木說她沒有聯絡臥煙學姊的管道。既然這樣，臥煙學姊不可能知道我的行動。

不過以那個人的能耐，很可能早已看穿我的行動，打從一開始就不只派出斧乃木，也派出一些人監視我。

但我思考一陣子之後，認定沒問題。

我當然不是完全否定這個可能性，不過依照我從學生時代認識臥煙學姊的經驗判斷，她已經完全從這件事收手。

那個人收手，就等於再也不打算插手。即使我後來再怎麼攪亂她完美的工作成果，她肯定也不會再度親自來到這座城鎮。

換句話說，我並不是判斷可能性不高所以沒問題，純粹是認為「既然臥煙學姊本人沒來就沒問題」。

只要余弦或咩咩沒來，對我來說就沒問題。我甚至可以籠絡這些「跑腿」，反過來對臥煙學姊設局。

……總之，先不提我是否真的會做到這種程度，不過看來可以的話，我必須調查臥煙學姊幾個月前究竟在這座城鎮做過什麼事，或許和我今後的工作有關。

接著我姑且思考，如果跟蹤者不是臥煙學姊那邊的人，接下來是哪一種可能性比較高。

對我懷恨在心的國中生？

照常理考量應該如此……不過在這種場合，對方應該不用特地花時間跟蹤，而是突然從後方暗算，採取直接的暴力手段。

但我也想得到許多除此之外的理由。

「客人，您在旅行？」

計程車司機向我搭話。

「嗯，算是吧。」

我點頭回應。

「與其說旅行，應該說出差。我是基於工作所需來到這裡。」

「喔，工作啊，果然。感覺您有種都會氣息，我就覺得是這樣。」

「謝謝。」

我不曉得「都會氣息」是客套話還是某種形容方式，但至少應該不是壞話，所以我如此道謝。

「覺得這個地方怎麼樣？」

司機如此詢問。

「我過得很快樂。各方面都很刺激。」

我這麼回答。

025

後來，計程車載我到車站之後，我沒有搭電車，也沒有回飯店，就這麼走馬看花回到原本的城鎮。

不是提防警戒，我已經完全放棄在意這部分。我判斷只要沒造成直接的困擾就無害，決定置之不理。沒受害就是無害，我做得到這種事。

我有更須在意的另一件事，就是千石撫子的毀壞形式。

真要說的話，無論是笨到發瘋或是聰明到發瘋都是她的自由，但她的言行齟齬讓旁人有種不穩定的感覺。

或許只是我剛才被迫以白蛇翻花繩，導致內心完全亂了分寸（真想讓大家看看千石撫子依照我的教學，純真地以蛇翻出掃把圖樣的笑容），幸好我沒有因為亂了分寸忘記剛記住的翻花繩步驟。無論如何，既然她精神變得不穩定，就非得想辦法使其穩定。

所以我再度造訪千石家。

不過這次我不打算按門鈴從玄關進入。我已經不需要向那對父母打聽情報。既然不需要打聽，我就不想和他們交談。

善良的一般市民。

總之，也不能完全不講話就是了……

我在千石家附近，以手機打給千石家。順帶一提，千石家距離阿良良木家沒有很遠，我非得隨時注意周圍動靜。

不只是不能毫不提防跟蹤，我更應該擔心可能在這附近輕易撞見阿良良木或火憐。

接電話的是父親。

我以擅長的話術告訴他，我發現失蹤女兒的線索。說我從當時進入的房間拿回一本書對照，發現某些新的事實。由於不方便在電話裡說，加上想徵詢兩位的判斷，所以請他和夫人一起前來我現在所說的地方。我就像這樣非常拐彎抹角，也就是雖然客氣卻加入頗難拒絕的要素對他這麼說。

但現在是這種時間……已經是晚上九點……千石撫子的父親有所猶豫，最後還是答應了。總之他擔心失蹤女兒的心情絕無虛假。

我結束通話暫時觀望，他們夫妻駕的車終於離開千石家車庫。

我確認之後，小心翼翼穿過千石家外門。這是所謂的私闖民宅，但事到如今無須計較這種事。

我無視於大門，繞到住家後面。我終究不認為玄關大門沒鎖。即使沒鎖，我應該也不會從那裡進入。

我該注意的是二樓窗戶。

我立刻猜到千石撫子臥室窗戶的位置。

我退後一兩步，拉出可以助跑的距離之後衝刺。只是民宅二樓的高度，人類不需要梯子或繩索就上得去。

我以皮鞋蹬上垂直的牆壁，抓住二樓窗框，以攀岩要領爬上去。

然後我打開窗戶入內。

昨天進入千石撫子臥室時，我假裝開關窗簾偷偷打開窗鎖，幸好派上用場。雖說幸好，但這當然不是巧合，是預先計畫的犯行。

我並非打算絕對要再來這裡一次，開鎖是以防萬一的布局之一（除此之外，我當然也在各方面布局），不過這裡姑且也有某件令我在意的事，讓我覺得最好再來一次。

我在意那個衣櫃。

千石夫妻被女兒吩咐絕對不能打開，絕對沒開過的衣櫃。

我要來打開那個衣櫃。

所以我才會約父母出來見面，將他們趕出這個家。這種做法只限一次，而且千石夫妻對我的印象肯定變差……總之無所謂，畢竟做都做了。

要是做什麼事都畏畏縮縮，將會一事無成。

機會難得，所以我決定最後再打開衣櫃，先在微暗的房內，應該說漆黑的房內，正式進行昨天在雙親監視之下不敢做的調查。不過很遺憾，我不得不說這種前置行為是白費工夫。

我甚至翻出斗櫃裡的貼身衣物，也沒找到什麼特別的東西。要是能找到祕密日記本之類的該有多好。

我抱持一絲推測，翻閱書桌上的筆記本。我推測或許能在她上課時畫的塗鴉看出她的個人特質，不過到頭來，千石撫子似乎沒有上課寫筆記的習慣（那她是什麼時候寫筆記？），她的筆記本幾乎是白紙。

看來千石撫子不喜歡念書。

我也不喜歡，但這個孩子似乎很極端。

真要說的話，這就是從空白筆記本看出來的個性……

「那麼……」

終於進入重頭戲。

我將見面時間約得比較晚，還說過「不好意思，我可能會稍微遲到……」，所以大約還能在屋裡搜索一個小時，但這裡終究是別人家。

是我很陌生的別人家。

肯定久留無益。

我將手伸向衣櫃。隱約傳來一股抗拒的力道，似乎有上鎖。原來如此原來如此，雙親就是因為這個衣櫃上鎖才打不開嗎……我完全沒有如此釋懷。

因為雖說上鎖，也只是插入十圓硬幣就轉得開的鎖，要形容成鎖都很丟臉。這是「這裡是私人空間所以不可以看」的小小主張。只是讓貿然想打開的人知道這件事的鎖。

這個鎖是為了善人而存在，正是用來訴諸人們良心的鎖。這種訴求對於不是善人的我來說當然行不通，立刻會被我拋棄。

我摸索口袋裡的零錢。

幫斧乃木買巧克力司康剩下的零錢，剛好就在這個口袋。我挑出十圓硬幣，打開衣櫃的鎖。

裡面並沒有被電鋸切得四分五裂的中年男性腐屍，乍看之下是一片毫無異常的光景。

正常地擺放著掛在衣架上的衣物。

但是，並非如此而已。

應該說這些衣服只是幌子，在衣櫃深處……

「這是什麼……？」

026

我離開千石家，到距離較遠的地方，看時間差不多之後，打電話給千石撫子的父親表示突然不方便赴約。

對方終究是大人，沒有明顯露出不高興的樣子，但肯定還是壞了心情。我清楚知道，今後應該無法和他們進行相同的交流。

只不過，他們不曉得何時會發現千石撫子房間窗戶沒鎖，所以時間越久，和他們打交道肯定越危險，應該只有這幾天是調查衣櫃的最佳時機。

我的行動基於這層意義是正確的，但以結果來說白費工夫。

那種東西完全無法當作參考。只會讓我覺得有點不舒服。

而且我不舒服是一如往常的事。這絕對不是小題大作的誇張形容法，我只要沒看到錢大多不舒服。

所以這不是什麼大事。是立刻會忘記的事。

我這次沒搭計程車，而是徒步走到車站搭電車回飯店。不對，嚴格來說繞路去了某處。

要是有人問我為什麼做這種事，我無法好好回答，我甚至在事後反省為什麼做出這種蠢事，但我回程刻意經過阿良良木家門前。

我從正前方的道路眺望開著燈的阿良良木家，沒說什麼也沒做什麼，就這樣直接經過。

我不經意看向二樓，但我甚至不曉得哪間是阿良良木的房間、哪間是妹妹的房間，所以看了也沒意義。何況他們的房間或許在一樓。孩子的房間並非肯定在二樓。

「總之，看來正在念書準備考大學。」

我只是看著開燈的住家心想。

這也只是我自己的想法，只是胡亂推測。就算室內到了深夜依然開燈，就算那個房間是阿良良木的房間，也不保證他正在用功。

即使在玩射擊遊戲，燈也會開著。

總之該說運氣好還是理所當然，我沒遇到任何狀況就經過阿良良木家門前，就這樣走到車站。

做這種事被發現，不知道戰場原會多麼生氣。我心想這件事絕對要保密，相對的，也想立刻打電話告訴那個傢伙。

總歸來說，我不只是不舒服，而是不耐煩吧。白費工夫令我生氣，卻因為沒有宣洩對象，所以讓自己置身於危險之中消除壓力。

我想到這裡就覺得好笑。為自己的細膩情緒而笑。

我之所以沉浸在這種自我毀滅的行動與願望，大概是因為我堅信自己陷入何種危機都能存活下來，我覺得我這份自以為是真了不起。

否則我就不會違抗臥煙學姊的命令。

正是如此。

如此心想的我回到飯店，打開自己的房門，並且察覺不對勁。上鎖的房內地板上，一封信落在浴室前面。

「………？」

「信？」

是白色的信封。我伸手向後關門，緩緩、慎重地接近信封拿起來。

看來不是郵件炸彈。我確認之後，不對，在還沒確認就拿起來的時候，就已經懶得慎重行事，有些粗暴地打開信封。

「收手吧。」

摺成三摺的信紙，寫著簡潔的這句話。不是列印的文字，是手寫文字。從筆觸完全感受不到個性。

大概是蓄意改變筆跡。因此我完全無法預料寫這句話的是怎樣的人。

但至少可以確定有人希望我收手。

「……………嗯。」

我仔細審視信紙背面與信封內部，確定這封信的訊息真的只有這三個字，然後仔細將信紙放回信封、仔細撕碎、仔細扔進垃圾桶。

不對，我覺得扔在垃圾桶終究太不小心，所以扔進馬桶沖掉，然後就這麼淋浴。衛浴是一體式，所以不用走到門外一次。

我愛洗熱水澡，卻在這時候刻意洗冷水澡。冬天做這種事，最壞的狀況可能會感冒，但是很適合讓內心冷靜。

我感覺全身逐漸變成紫色，並且思考。究竟多少人知道我下榻在這間飯店？戰場原會知道嗎？我昨天找她來車站，所以她或許可以推理出我住在這個鬧區，但鬧區並不是只有這間飯店，她不可能鎖定我住在這裡。

總之，戰場原並不會要求我「收手」……那個直性子的女人，不會在自己提出委託之後，做出這種支離破碎的事。

然後我回想起跟蹤者的存在。

現在回想起來，那也可能是過於神經質的我想太多。當時的我肯定擔心有人監視這間飯店。假設一直有人監視我，我遲鈍到直到今天才總算察覺……總之這應該不可能吧。

何況用不著花心力監視或跟蹤，像是臥煙學姊只要藉助斧乃木這種超常怪異的力量，或許就查得出我的下落。那個傢伙總是像那樣出現，我已經不太在意，但是到頭來，那個傢伙在我到星巴克看書時忽然出現，實在很唐突。

然而，即使能查出我的下落，卻不可能有人能在上鎖的飯店房間放一封信留下訊息。不可能有人做得出這種事。

是的，即使是斧乃木，沒進行物理破壞行動也不可能。我剛剛才非法入侵千石家，所以沒什麼資格高談闊論，但這裡是高樓層，當然沒辦法從窗戶入侵，因為窗戶是不能開啟的固定窗。

那麼是誰用什麼方法在房裡放信？難道飯店人員有敵人的內奸……敵人？

「敵人」是怎麼回事？

我現在敵對的不是那個幼稚的神嗎？

「……我或許正在對付一個天大的組織。」

我試著這麼說。只是試著這麼說。堪稱是模仿斧乃木的愚蠢發言。

身體真的快凍僵了，所以我調整水溫讓身體暖和。適度暖和之後，我擦乾身體走出浴室，拿起手機。

我一瞬間警戒可能有竊聽，但判斷這終究是我「想太多」，就這麼直接打電話給戰場原。當然不是為了回報我剛才經過阿良良木家門前。

「……我說貝木，你很孤單？就算你像這樣每晚打電話給我……」

「戰場原，我要問一件事。」

「什麼事啦……我今天內衣是藍色……」

聲音聽起來惺忪，應該說她似乎睡昏頭。想到那個女人也會睡昏頭就有點意外。我以為這個傢伙就像吉他弦一樣隨時緊繃。

「戰場原，給我醒來。」

「我醒著啦……唔嗯唔嗯。」

「不准發出唔嗯唔嗯的聲音。」

「ZZZ……」

「妳這樣不是睡昏頭，根本就睡死了吧？」

「……什麼事啦，又要找我出去？好啦，去哪裡我都奉陪……和昨天一樣在Mister Donut碰面嗎？」

「不，今天不用來。」

提防竊聽是我小心過度，但是直接見面或許依然危險。既然有人能掌握我下榻的飯店房間，我不認為對方不曉得委託人——也就是戰場原的事，但是最好有所警戒，避免直接碰面比較好。

「我不是要約妳見面，是想問一件事。」

「……什麼啦，正經事？」

「我和妳之間有什麼事不是正經事？」

「說得也是……」

戰場原似乎總算想認真聽我說話，她說「等我一下，我洗個臉」暫時放下電話，沒多久就回來。

「怎麼回事？」

她這麼問。

精神抖擻。

了不起。她的切換速度甚至可以形容為無法無天。

「不是已經擬定好工作計畫嗎？」

「嗯，這部分沒問題。我今天也見了千石撫子加深交情。」

我說到這裡，發現剛才那句話也可以聽成「加深信仰」，覺得莫名諷刺。交情與信仰，兩者都是和我完全無緣的詞。（註4）

註4　日文「交情」與「信仰」音同。

「所以這部分沒問題，不過……」

臥煙學姊與斧乃木的事，先別說應該比較好。要是直截了當公開這個情報，或許只會造成戰場原的不安。

「發生了別的問題。所以我想問一件事。」

「儘管問吧。」

她從容不迫，這種切換速度實在了不起。剛才睡昏頭的樣子如同沒發生過。

「妳……應該說妳與阿良良木，加上忍野忍與叫作羽川的傢伙，總歸來說，妳那邊的傢伙在解決千石撫子問題的過程中，也就是委託我詐騙之前，有沒有被某人妨礙？」

「…………」

「與其說妨礙……我這麼問的意思是想知道你們有沒有被警告過。比方說收到寫著『收手吧』的信。」

「…………」

戰場原聽完我的問題，像在思考般沉默片刻。

「發生了什麼事？」

她如同試探般這麼問。似乎是要我在發問之前先說明我的意圖。

總之，從戰場原的立場來看，這是當然的。要是她面對這種具體的問題，毫不質疑就回答有或沒有，我反而會嚇一跳。

我當成是報告工作進度，將今天發生的事情告訴戰場原。雖說如此，我當然不會悉數報告。例如非法入侵千石家即使是工作所需，我也非得隱瞞。要是我貿然報告，戰場原也將成為共犯。

我始終要將這個犯法行為當成自己的獨斷行徑，這應該是騙徒應有的禮儀。再怎麼對客戶友善也要有個限度。

即使現在是講究當責（Accountability）的時代，也並非凡事都要公開。

不過，某些我認為最好先別講，應該說可以的話想繼續隱瞞的情報，也就是斧乃木與臥煙學姊的事，我非得在這時候說出來。

「嗯……臥煙小姐啊……」

「她不久之前似乎來過這座城鎮，妳有見到嗎？」

「不，我沒見到……但阿良良木與羽川同學各自基於不同的事情和她打過交道。應該說千石撫子成為神的原因，到頭來在於臥煙小姐的符咒……貝木，你已經知道這個情報嗎？」

「嗯。什麼嘛，原來妳也知道。」

我差點問她為什麼隱瞞這麼重要的情報，不過到頭來，我一直避免向戰場原打聽事情。

我認為加入個人情感不太好。

既然這樣，在我總算走到這一步時，戰場原或許在電話另一頭鬆了口氣。

「所以，臥煙學姊對阿良良木或羽川說過『收手』這種話？如同對我說的一樣要求過他們？」

「阿良良木那邊……應該沒說。這不就等於要他毫不抵抗乖乖被殺？幼稚園兒童都知道這是無理的要求。」

「說得也是。」

實際上，臥煙學姊大概覺得為了維持平衡，阿良良木與戰場原最好死掉、最好被殺，但終究不會直接向當事人這麼說。

「不過，她見過羽川同學一次……當時似乎講了一些討厭的話，所以她或許也對阿良良木講過這種討厭的話。」

「這樣啊……」

「雖然這麼說，她似乎沒逼羽川同學做什麼事。當事人說比較像是忠告。」

「我想也是。她也沒逼我做什麼事。」

只是和我斷絕往來。

不過……既然這樣，或許找戰場原這個叫作羽川的朋友打聽情報比較好。雖然我隱約預料一定會後悔見到這個人……

但我是透過斧乃木這個網紋極細，堪稱平板的濾鏡得知臥煙學姊的意圖，所以實在無法掌握她真正的用意。直接得到臥煙學姊忠告的羽川，或許會掌握到某些事。

不過，某些事是……什麼事？

某些事必須是哪種事，我才能接受？

「貝木，如果你想找羽川同學打聽情報……」

戰場原這麼說。

什麼嘛。還以為戰場原不希望她周遭的人和我接觸，而且是避諱到病態的程度，但她原來想介紹羽川給我認識？

不過，我猜錯了。

「……你還是放棄比較好。貝木，生性彆扭的你聽我這麼說，大概會瞞著我和她見面，但你做不到。因為羽川現在人在海外。」

「海外……？是去找忍野？」

這麼說來，記得她元旦提過這件事，她說羽川甚至出國找忍野卻找不到。總之，和那個傢伙來往這麼久的我，覺得這是有點不切實際的行動。

那個傢伙是日本國內限定的流浪漢。

該說是研究主題還是實地研究，以那個傢伙的狀況不會離開國內。除非價值觀在某方面大幅變化，否則那個人不可能前往海外。

何況那個傢伙和我一樣沒申請護照。即使在海外找到他，應該也沒辦法輕易帶他回來。

「那個叫作羽川的傢伙真是白費力氣。」

「是啊，或許如此，或許是白費力氣。即使如此還是想盡力而為，這是很像羽川同學會有的心態。我很感謝。」

「是啊，值得感謝。」

我隨口回應。她說這很像羽川會有的心態，但我不曉得羽川的心態。

「總之，羽川同學原本就預定在高中畢業之後展開環遊世界之旅，所以她笑著說這是場勘……但這樣無法安撫我內心的不捨。何況她去年就完成場勘了。」

「……環遊世界之旅……這傢伙真大膽。」

「不過也有人說是受到忍野先生的影響。」

「這根本超越參考對象吧……」

居然有這麼令人畏懼的女高中生。

不過既然有這層隱情，至少不可能立刻找羽川打聽事情。或許可以用電話或電子郵件接觸，但我不認為她會向沒見過的人透露像樣的情報。

「這個人什麼時候回來？」

「不知道。」

我覺得她其實可能知道。至少真的肯定有用電子郵件或電話聯絡。所以即使羽川在哪裡，她始終不想介紹給我吧。

好堅定的友情。

這當然可能毫無關係，但如果她介紹羽川給我認識，讓我稍微明白臥煙學姊的想法，明明也可能提升她得救的機率。

這些傢伙的關係真奇怪。

「哎，那就算了。」

我結束話題。我不打算問出戰場原不想說的事，這是我這次劃下的界線。

「總之，臥煙學姊似乎擔心我失敗。雖然不可能，但她擔心我沒能完成妳的委託，沒成功欺騙千石撫子。」

「……在這種狀況，只會按照原本的預定，也就是我與阿良良木被殺吧？這樣不是符合臥煙小姐的計畫嗎？」

「不，我覺得換句話說，她擔心我行騙的策略惹火千石撫子。我從詐騙角度採取的做法，和阿良良木前去見她或抵抗的做法不太一樣。」

「……嗯，這部分我大致明白。」

戰場原一副不太能接受的樣子，卻還是像這樣附和。

「換句話說，只是表白之後拒絕就算了，卻無法忍受對方以『我有女友了』這種謊言拒絕表白，類似這樣嗎？」

她如此舉例。大概是想進一步理解自己還不確定的部分。

就算她以戀愛舉例，我也完全聽不懂。

「嗯，對，正是如此。」

但我表示同意。只要戰場原接受這種說法，怎樣都無所謂。

「…………」

戰場原似乎看透我這種想法，不高興地沉默好一陣子。

「……所以貝木，你剛才說，臥煙小姐對你開出三百萬圓的高價吧？」

她回到正題。

「你為什麼拒絕？換句話說，你為什麼沒在那時候收手？」

「什麼嘛，原來妳希望我收手？」

「不是這樣，可是……」

戰場原有點支支吾吾，卻斷然說出下一句話。

「我猜不透你的意圖，我很擔心。」

這女人面不改色就講得這麼過分。

但我明白她的心情。

「還是說，你已經巧妙打理好各方面的事，計畫從其他地方搜刮到三百萬圓以上的錢？」

「…………」

我回以沉默。

接著戰場原輕易屈服。

「對不起，我說得太過分了。」

她這麼說。

這女人真好應付。

「不過說真的，為什麼？我當然很感謝你願意繼續做這份工作，但你應該知道我這樣會擔心吧？」

「沒必要計畫搜刮三百萬圓以上的錢吧？因為我已經拿到這麼多錢。」

十萬圓加三百萬圓，三百一十萬圓。已經是三百萬圓以上。

「……哎，說得也是。」

「繼續工作或停止工作都拿得到一樣多的錢，那當然會繼續工作。這是很簡單的道理。」

「既然拿得到一樣多的錢，不是會停止工作嗎？」

「那是小孩子的理論。大人無法這麼輕易扔下工作。」

我講得很帥氣，不過很可惜，依照一般觀念，詐騙算不算工作眾說紛紜。

「別把我當小孩子。」

戰場原不高興地這麼說。

027

「雖說如此，臥煙學姊的事不重要了。那是過去的事。那個人不會因為我收了三百萬圓卻沒收手而使用強硬手段。雖然或許會派人監視……」

我把有人跟蹤的事實放在心上這麼說。

「但應該不會強行妨礙我的詐騙計畫。」

「真的？你只是想相信自己的學姊如此寬宏大量吧？她這個人無情又冷酷，對我、阿良良木以及蘿莉奴隸見死不救啊？」

「不用妳說，我也知道臥煙學姊沒我想的寬宏大量。因為她只因為一座城鎮在最壞的狀況會消失，就冷漠到想和可愛的學弟斷絕往來。」

「這……」

戰場原欲言又止。大概是想說「她就算沒事也想和你這種學弟斷絕往來吧」這種話，卻覺得這樣很過分而作罷。

不，這或許是我的受害妄想。

換句話說，我貝木泥舟得知臥煙學姊宣布和我斷絕往來，受傷程度或許比我預料的還要嚴重。這樣就代表我得知自己至今不知道的另一面，我有點高興。

「不過，我只透過他人的描述認識臥煙這個人，所以我就把你這番話照單全收吧。相信臥煙學姊不會強行妨礙……」

「嗯，而且……」

我繼續說下去。

我不經意在意手機電量。進入今年至今都沒充電，或許會聊到一半沒電。充電器跑去哪裡……好像又在上次扔掉了？

「同樣的忠告，她不會說第二次。」

「…………」

「所以我才覺得不可思議。在我外出的時候入侵我的飯店房間，留下同樣文字的信就離開的貓眼大盜究竟是誰？」

「……我不知道是誰，但就算不是貓眼大盜，應該還是可以趁你外出時，在你的房裡留信吧。」

「嗯？」

我一瞬間聽不懂戰場原這番話的意思，回以最真實的反應。

「什麼意思？難道妳是在批判我下榻的飯店保全程度太差？」

不，戰場原肯定不知道我下榻在哪間飯店，肯定不知道……我沒說過吧？

「飯店保全本來就好不到哪裡去吧？因為投宿旅客可以自由進出……」

確實如此。

如果是高級飯店，搭電梯或進入各樓層都需要門禁卡，但這也和住家的自動鎖一樣，只要跟著某人就可以輕鬆進入。

「不過，即使可以輕易進入飯店，要進入客房也沒那麼簡單吧？也不可能複製鑰匙，因為這間飯店使用感應式門禁卡。所以如果想進入客房，就必須有飯店工作人員當內應，或是從外部入侵電腦系統……」

「用不著想得這麼誇張吧？不需要貓眼大盜，也不需要以組織當靠山，連我都做得到。」

「妳說什麼？」

「信封這種東西，從下面門縫插進去不就好了？」

「…………」

我咀嚼戰場原隨口說的這番話，反覆驗證，得知沒有反駁的餘地。

回想起來，信封掉在浴室前面確實很奇怪。如果成功入侵房間，把信封放在玻璃桌上就好。既然信封位於地上，就證明戰場原的推理正中紅心。

「原來如此，這是值得驗證的推理。」

戰場原的推理幾乎是正確答案無誤，我卻慎重地這麼說。不對，或許只是逞強。不對不對，不是或許，就只是逞強。我是在孩子面前放不下身段，不值得同情的大人。

不過，我確實沒被同情。

啊啊，我無情。

戰場原說得過於簡單，聽起來好像只是我小題大作，不過回到飯店客房發現房裡有一封信，人們大多會認為遭到入侵吧？信只是在門邊就算了，但要是使勁把信滑進去，就很難推測得到房間地上的信和門縫有關。

至少肯定具備強烈的恐嚇要素。

「要查出你下榻的飯店，對於任何人來說都不會很難吧？」

看來戰場原無視於我的逞強，想要繼續推動話題。

這傢伙的做法很正確。

「至少如果想阻止你現在進行的工作，就肯定做得到。你說的跟蹤者也令人在意……」

「跟蹤者或許和這件事完全無關，是和其他事情相關的傢伙。」

「也對，尤其你在這座城鎮做過很多事……如果無關，那個部分反而更令人在意吧？」

「這種事我習以為常，無須在意。」

我這麼說。我被跟蹤的次數當然沒多到可以形容為習以為常，但是只要我這麼說，戰場原應該也會稍微放心。

她光是對我這種人提出委託就很不安，我終究不忍心增加更多不安要素。

「我反而感謝可以像這樣『習以為常』。工作好不容易整合到這麼簡單，可不能事到如今又變得複雜……我覺得妳心裡或許有底，才會打電話給妳。」

「很遺憾，我沒有底。」

儘管開場白這麼長，戰場原回答我的問題時卻很乾脆，堪稱枯燥乏味。如果我是戰場原的同學，我會擔心她是不是討厭我。她的回應就是如此乾脆。不過戰場原實際上真的很討厭我。

「到頭來，我沒向任何人說過我委託你幫忙。」

「不用說也可能被發現吧？比方說妳可能在阿良良木家走廊和我講電話時被某人聽到。」

「沒有。總之……真要說可能性的話，如果阿良良木瞞著我檢查我的手機，就會知道吧……？」

「喂喂喂，阿良良木這傢伙不會做這種事吧？」

我對自己這番話嚇了一跳。看來我意外地頗為欣賞阿良良木這個人。但他得到我的欣賞應該完全不會高興。

「嗯，是的，正是如此。何況即使他從我的態度看出端倪，也不會拐彎抹角寫什麼匿名信，肯定會當面談判。」

「說得也是。」

我乾脆地點頭。我現在的狀況是怎樣？難道我是阿良良木肚子裡的蛔蟲？而且就算是這樣，我也預料不到某些事。

「戰場原，老實說，如果阿良良木在這個時間點得知我介入這件事，知道我甚至已經擬定解決計畫，妳覺得他會有什麼反應？妳滿腦子只想瞞著他，但要是那個傢伙真的當面找我談判，妳覺得他會怎麼說？果然會要求我『收手』嗎？」

「……也對。不，很難說……」

「妳不知道？」

「就算是我，也沒有理解阿良良木的一切。」

我一瞬間以為這是戰場原身為那個傢伙女友的敗北宣言，不過敢斷言「我知道男朋友的一切」的女人比較恐怖，所以戰場原果然正確。

我不曉得是否正確，但正直就好。

我對正直的人有好感。因為似乎很好騙。

「總之無論如何，我還是調查一下以防萬一……或許寄信人和臥煙學姊不一樣，會在我欺騙千石撫子的時候妨礙工作。」

「也對……那封信是手寫的吧？」

「嗯，沒錯。感覺刻意消除筆跡的特徵。」

「這樣啊……不過如果拿給我看，我或許會知道是誰。雖然終究不可能在今晚拿給我，但明天可以給我看嗎？」

「妳不是心裡沒底？」

「這是以防萬一。」

「這種謹慎的態度還不錯，但是……」

我思索該如何瞞混過去，但我覺得對戰場原做不到這種事而放棄，決定據實以告。

「不可能。我已經撕毀扔掉那封信了。」

「咦……」

「我扔進馬桶沖掉，所以不可能救回來。」

「……那明明是重要的證據，你為什麼這麼做？」

「證據？我可不是警察。何況妳很清楚吧？只要是我不需要或讓我不愉快的東西，我都會盡早拋棄，不會留在身邊。」

「嗯，我確實知道。畢竟你當年也是像這樣拋棄我。」

「什麼嘛，原來妳被我拋棄？」

「……我失言了。」

戰場原露骨地咂嘴。

「我不小心誤以為我在和阿良良木說話。」

她說得莫名其妙，不曉得是否稱得上自圓其說。如果她這番話是要傷害我，那這就是一次大失敗，更是一大失態。

總之，我就當成耳邊風吧。

捉弄孩子也沒用。

何況先不提是不是證據，我確實太早扔掉那封信。戰場原恐怕因而不得不懷疑我說的那封信是否真的存在。她基於立場難免想挖苦我幾句。

「總之，那是放進我房間，換言之是給我的信。我會當成工作的一環想辦法處理，妳不用在意，也不用做任何事，去和阿良良木談情說愛吧。」

「這可不行。不，我當然希望你做好自己的工作，這部分完全交給你處理，但我也得盡量做我能做的事。」

嗯……

與其說精神可嘉，不如說她應該是預料到我「收手」或是背叛逃走的狀況。這是聰明的做法。

總之，我不會問她要做什麼。

而且既然她打算從其他方向尋找解決之道，我就應該避免頻繁打電話。

「話說回來，貝木。」

「什麼事？」

「你真的打算對千石撫子進行百度參拜？此話當真？」

「嗯。不，此話不當真。我當然不打算爬那段階梯一百次，我年紀也大了。不過我打算直到一月底每天都去。」

「每天……」

「所以開銷大約三十萬圓。雖然是必要經費，不過用臥煙學姊給的分手費就綽綽有餘。」

而且剩下的錢全進我口袋。真賺。

「見一次要一萬圓……感覺好像上酒店。」

戰場原這麼說。語氣雖然平淡，內心卻彷彿波濤洶湧。

酒店。

我當時覺得很像市面某種暗藏機關的存錢筒，但她的感性和我差真多。我是三十多歲的中年人，戰場原是花樣女高中生，考量到這一點，我們使用的比喻應該反過來才對。

「老實說，我還是很擔心這一點。擔心你會不會每天去找千石撫子，不知不覺就被籠絡、拉攏，成為她那邊的人。」

「怎麼回事，戰場原，妳在吃醋？」

電話被掛斷了。看來我玩笑開過頭。

幸好不是直接見面，而是以電話交談。如果是在Mister Donut見面，她或許會毫不留情潑我水。

我原本打算等她主動再打電話過來，但我還是決定以大人身分妥協。

「是我的錯。」

我再度打過去所說的第一句話是道歉，我真了不起。不過也沒什麼東西比我的謝罪更不可靠。

「我不是開玩笑。」

戰場原沒有親口原諒我，卻也沒有一直記恨，而是繼續討論正題。

「因為那個孩子有魔性。」

「……妳以前就認識千石撫子？」

「不，我之前或許說過，她只是阿良良木認識的朋友，我直到她成為神，都不知道有她這號人物。」

「那妳為什麼可以斷言她有魔性？我只覺得她是個笨蛋。」

不過是瘋狂的笨蛋。

「……也對，你這麼說過。不過我反倒是因為沒見過她才敢這麼說。我聽你打算每三天去見她一次的時候，我就不以為然，你現在說要每天去見她，我非得忠告你三思而後行。」

「…………」

又是被忠告要收手，又是被忠告不要每天去見她，我今天受到好多忠告。

而且重點來了，我非常討厭被別人忠告。

「明白了。我會接受妳這番令人感謝的忠告。也對，或許不要每天去見她比較好。」

「……但願蛇毒不會讓人成癮。」

戰場原無可奈何般這麼說。聽起來像是早已知曉一切。

我當然當成耳邊風。

沒向彼此道晚安就結束通話之後，我以這次沒扔掉的充電器連接手機、插在插座，開始更新筆記做為一天的結束。

開始工作至今第三天。

今天發生各式各樣的事。

斧乃木余接、臥煙伊豆湖。以蛇翻花繩的千石撫子。以及神祕的跟蹤者。非法入侵千石家，衣櫃見光。以及落在房內……不對，塞入房內的信。和戰場原的電話交談。

我附帶插圖，將這一切記在筆記本。作業時間大約一小時。

然後我翻開下一頁，製作接下來的待辦事項列表。畢竟未來已經有個眉目，而且基於某種意義，不安要素也簡潔易懂地到齊，現在正是製作待辦事項列表的最好時機。

『☆北白蛇神社的百度參拜（到一月底）』

『☆提防跟蹤者（警戒等級2）』

『☆調查寄信人（必要等級4）』

『☆查明臥煙學姊的想法（優先等級低）』

『☆別被阿良良木發現（絕對）』

『☆別被阿良良木姊妹發現（盡義務努力）』

大致就是這樣吧。我剛這麼想，就連忙追加一條。

『☆購買花繩』

以銜尾蛇翻花繩的經驗，這輩子一次就夠了。

028

後來好一段時間，盡是造訪蛇神大人千石撫子所在北白蛇神社的單調日子。要是在這一章能如此述說該有多好，但是如意算盤很遺憾地落空，在單調的日子開始之前，還發生另一段風波。

前提是這件事可以形容為風波。

隔天，也就是一月四日，在三天連假結束，世間總算正常運作的這一天，我先離開房間吃早餐。

仔細想想，我前天吃過Mister Donut之後就沒吃過東西。我經常一鬆懈就忘記進食，看來我的飢餓中樞有問題。但或許只是金錢欲大於食欲吧。

我在飯店一樓的餐廳享受無限供應的早餐（我喜歡吃到飽的那種氣氛，應該說我可能是喜歡吃到飽這個行為本身），然後回房。

接著我進行晨間淋浴，在時間差不多的時候前往市區。離開房間時，我本來想用膠帶之類的東西封死門縫，但以我現在的狀況，要是神經質到在意起各種細節將會沒完沒了，所以我打消念頭。

我到飯店櫃檯詢問。

「不好意思，這附近有賣花繩的地方嗎？」

我覺得去東急HANDS或LOFT應該買得到，但是那種店出乎意料有一種神奇的傾向，明明什麼都賣卻只沒賣我想要的東西（或許因為是主流連鎖店，所以採取這種謝絕騙徒的對策），所以我這麼問以求慎重。

「啊？」

不過對方一臉納悶。身為飯店從業人員，如此應對客人很有問題，但我能理解他的心情。

「不，沒事。」

我回應之後，乖乖前往東急HANDS。即使沒賣真正的花繩，手工藝區好歹會賣繩子吧。

為了以防萬一，我注意周遭動靜，提防跟蹤或監視，走在人潮最多的路上，但實在是摸不著頭緒。跟蹤者似乎存在，又似乎不存在。

我明知臥煙學姊同樣的忠告不會提第二次，依然覺得斧乃木大約有萬分之一的機率正在等我，卻也沒有。

這樣的話，那個女童現在或許在和阿良良木玩耍。上次見到她的時候並非如此，但是回想起來，那個傢伙也成為頗為自由的式神了。

要說欣慰的話很欣慰。

基於這層意義，我可以感謝阿良良木。

後來我順便去買了一些東西。只要在賽錢箱放入萬圓鈔票，那個蛇神大人就會高喊「撫子來也！」快樂登場，但戰場原形容為「好像上酒店」，我說不定很在意這件事。

我決定買些供品過去，如同要強調我的行為始終是參拜。

買些供品。

一般來說，神社供品都是水果或鮮花，卻好像只會讓人增加酒店印象，所以我下意識地迴避。

是我想太多嗎？

我思索之後決定買日本酒。我發現一間雅致的酒鋪。我判斷迷上酒店小姐的男性應該很少買當地名酒當伴手禮。

這堪稱手頭有閒錢才做得到的玩心。

「要讓女國中生喝日本酒？」這種道德上的批判，不適用於這個場合。那個傢伙已經不是女高中生，甚至不是人類。

她是神。

俗話說無神不嗜酒，何況在日本，那個傢伙要是不喝酒反倒沒資格當神，基於某種意義來說甚至堪稱解決了問題。

充滿各種想法的酒瓶，可不能偏偏因為下雪打滑而摔碎。我一定要避免這種脫線的結果，所以慎重走雪路爬山，抵達北白蛇神社時剛好是正午。

拿著大酒瓶登山相當辛苦。

我不想再做第二次，但今後應該還會做很多次。

我要將萬圓鈔放進賽錢箱時一時興起，再拿出一張萬圓鈔，合計兩萬圓。

一萬圓就能讓千石撫子以那麼有趣的方式登場，那麼兩萬圓會如何登場？我抱持這樣的好奇心。

得到不義之財就揮霍不是一件好事，但我認為錢就應該拿來用，所以無妨。

我將兩萬圓放入賽錢箱。

「撫……撫子來、來，咦咦？」

千石撫子照例要從主殿衝出來，卻在現身時慌張失措而跌倒，腦袋重重撞到賽錢箱的邊角。我還以為她可能會死掉。

話是這麼說，但她好歹是神，似乎沒受什麼傷就立刻起來。只是依然無法掩飾慌張情緒。

「兩……兩萬圓？怎、怎麼回事，貝木先生搞錯了？撫子不會還耶？」

「…………」

看來千石撫子的感性容許程度只到一萬圓。即使如此，一度放進賽錢箱的錢絕對不會還，這樣的心態很了不起。妳是最近的遊樂中心？

「無妨。」

「啊……是預付明天的份？」

「都是今天的份。此外……」

我將酒瓶放在賽錢箱上。箱面是鋸齒狀很難維持平衡，所以我橫放。

「這是慰問品。」

「啊！是酒！撫子一直想喝這個看看！」

她似乎能喝。

看來她很遺憾確實是「神」。總之不只是神，妖魔鬼怪基本上都愛酒精。

不過，我有點在意千石撫子的說法。講得像是從人類時代就嚮往……

「爸爸總是只喝啤酒，所以撫子這次是第一次喝日本酒。」

「………」

明白了。我沒深究，但從千石撫子的說法推測，她似乎從人類時代就瞞著家人偷喝。

肯定是那些覺得「看不出來」或「不像會這麼做」的傢伙，將千石撫子逼到這種程度。我想到這裡就說不出話。我也不是孩子喝點酒就嘮叨的衛道人士。

「貝木先生，日本酒和啤酒有什麼不一樣？」

「日本酒是米釀的，啤酒是麥子釀的。」

我簡略說明之後結束這個話題，拿出下一個供品……應該說禮物。

「看，我拿來了。」

我將花繩遞給千石撫子。

「這樣不必用蛇也能玩了。我準備好幾條備用，妳儘管用來打發時間吧。」

「謝謝！這樣就可以在宰掉曆哥哥之前打發時間了！」

這孩子一直以相同的語氣快樂說話，我反而難以判斷她是否正在快樂。即使看似快樂，也好像只是情緒高亢，心情處於高點，正因如此，她忽然提到殺害阿良良木的話題，會令我毛骨悚然。

我自認不是衛道人士，內心也沒脆弱到無法承受他人死亡，但是她這麼乾脆地提到「殺害」這種字眼，我無法保持內心平靜。

我表面上當然繼續面不改色。

這是兩回事。

「千石，雖說是打發時間，但花繩相當深奧喔。」

我這麼說，從昨天背下的《翻花繩全集》挑出還沒教千石的招式教她。

我判斷在今天這個時間點，比起繼續討論奇怪話題，不如只以花繩為主題。後來我和千石玩了好幾個小時的花繩，說聲「明天見」下山。

我知道千石撫子在後方揮手道別，但我刻意無視。我並不是將戰場原的說法照單全收，但要是過於急著打好交情，或許會被千石撫子的魔性拉攏。我姑且提防這一點。

酒瓶留在神社，所以回程很輕鬆。山路的盡頭就在眼前，從這裡到車站的這段路，我打算再度繃緊神經提防跟蹤，但是沒這個必要。

這個女人，明顯在通往神社的階梯口等我。

029

白與黑。黑白相間的感覺。

不，我並不是一眼就輕易洞察她的內在，單純是對她混入白髮的黑髮抱持這種平凡的感想。

質地不甚細緻的毛呢大衣、防寒耳罩、冬季靴子。我當然不可能知道這個女孩是誰。

不過從這孩子光明正大毫不隱瞞的態度來看，應該不是昨天的「跟蹤者」，也應該不是悄悄在我房內放信的傢伙。我如此直覺。可以如此直覺。

不對，是被迫如此直覺。

「貝木泥舟先生，您好，初次見面。我是戰場原與阿良良木的同學，我叫作羽川翼。」

她──羽川翼說完之後，朝我這個騙徒深深鞠躬致意。她低頭的這一瞬間，我當然離開她的視線範圍，所以我並不是不能趁機拔腿逃走。

我對自己的腳程頗有自信。

不過很遺憾，在雪地不一定跑得夠快，此外我不知為何不想以這種方式逃離這個女孩。

我不想在這女孩面前做出「逃走」這種卑鄙舉動。這是我非常罕見……應該說幾乎不可能出現在我身上的想法。

我至今沒想過逃走是卑鄙的舉動。

「我……」

片刻之後，我這麼說。

「叫作貝木泥舟……看來不太需要這種自我介紹。想必妳已經從戰場原或阿良良木那裡聽過我的事情吧？」

「是的。」

羽川抬起頭回答。

她的表情很正經，而且工整的臉蛋莫名有種懾人氣息。她具備和年齡不符的魄力，在這層意義和戰場原很像。

應該是所謂的物以類聚？

不過，這……

「只是老實說，我聽他們兩人述說之前就耳聞您的大名。我曾經協助火炎姊妹進行調查……」

「……孩子不該使用這麼恭敬的語氣。」

我打斷她的話語說下去。

「無論如何，妳有話要找我說吧？我就聽吧，聽妳怎麼說。我也不是沒話要找妳說。」

「…………」

羽川「嗯」了一聲，單手撩起頭髮。

「說得也是，站在這裡聊也不太合適。」

她的語氣很客氣，也就是稱不上隨和，但還是以稍微軟化的態度向我點頭。

「不過我想先問，戰場原或阿良良木知道妳像這樣來找我嗎？」

「不，完全不知道。」

「這樣啊。」

每個傢伙都是同一個德行。

感覺像是錶鏈與梳子的故事出現新人物，但是這麼一來，介入這對相愛情侶之間的登場人物頗為滑稽。

基於這個意義，我現在的立場當然也相當見不得光，沒資格說羽川。

積雪的路旁有兩個小丑。

我甚至覺得，這傢伙出乎意料和我相似。

「總之，這不重要。一點都無所謂。我不打算打小報告，放心吧。我不打算用這個祕密勒索妳。」

「……您不用這麼強調，我也沒擔心這種事。」

羽川苦笑著這麼說。該怎麼說，這是從容、寬容、包容的笑容。

不過很可惜，隔著大衣看不出她是否如戰場原所說的豐滿。

「何況到頭來，以我的立場，和您見面也不需要如此嚴格保密。」

「什麼嘛，是這樣嗎？」

我有種白操心的感覺，但她說得對。

我在雪地踏出腳步。

「不過，我在這座城鎮絕對不能見光。尤其最好別被看到和妳在一起。我打算在這附近招計程車，可以嗎？」

「好的，我不介意。」

羽川乾脆地點頭。

只是光明正大站在正前方就算了，還敢和騙徒並肩搭車，我覺得這已經超過膽量的領域。

因此超過我的理解範圍。

我甚至反而想要迴避她，但我剛才自己那麼說也無法收回。

我與羽川離開山區，招了計程車，跳過車站直接前往鬧區。要說警戒過頭或許警戒過頭，但羽川翼這名少女的外型過於顯眼，所以應該不算警戒過頭吧。

如果我要徹底確保安全，應該先和羽川道別，數小時後到其他地方碰頭。

但羽川翼和千石撫子不同，無論在好壞兩方面，似乎都對自己的「可愛」或「美麗」沒什麼自覺。

「嗯，這顆頭確實很顯眼。對不起，我上學時會在每天早上全部染黑，但寒假總是不小心會忘記。」

她這麼說。害羞地這麼說。

「…………」

此外，我們在車上聊著其他話題，閒話家常或是天南地北地閒聊時，我不禁覺得這孩子應該是在不太「受到疼愛」的環境長大。

不曉得父母採取嚴格管教還是放任主義。

我們沒有聊得很深入，所以我沒得出結論，但這孩子莫名早熟的態度，令我覺得她有著這樣的往事。

「我聽戰場原說妳現在人在海外……那是怎麼回事？換句話說這是戰場原的謊言，以免我和妳接觸？」

「啊啊，不，那不是謊言。」

總之我想把這件事問清楚，羽川則是如此回答。

「應該說，戰場原同學不認為這是謊言。她與阿良良木至今依然以為我在海外。」

「喔……」

這孩子葫蘆裡究竟賣什麼藥？我覺得不可思議。私下和我接觸就算了，但她應該不需要把她回國的消息當成祕密。

「啊啊……不，這已經幾乎是白費力氣的努力，或是當成一種撫慰內心的白工。我覺得像這樣虛晃一招，或許能打破僵局……」

「……僵局。」

「是的……總之，我已經大致明白忍野先生不在海外，但還是有種死馬當活馬醫的想法。除此之外，我覺得我出國一次，或許能轉移某些焦點，瞞騙目光。」

「瞞騙目光……瞞騙誰的目光？千石撫子？」

「她也包含在內，不過真要說的話，是臥煙小姐。」

羽川說到這裡，一副恍然察覺的樣子。

「啊，對不起，貝木先生，我居然用這種說法。」

她向我道歉。

「臥煙小姐是您的學姊，我卻講得這麼失禮，不好意思。」

「我們已經不是學姊學弟的關係。臥煙學姊和我斷絕來往了。」

我嘴裡這麼說，卻執著於加上「學姊」這個敬稱，這樣看就覺得頗為滑稽。但我當然沒在「學姊」這兩個字加入任何敬意。

「所以別在意……也對，我聽說妳直接受過臥煙學姊的忠告。該怎麼說……真是一場災難啊。」

一瞬間，我差點不小心想向羽川道歉，但仔細想想，我沒道理道歉。

羽川不知為何，害羞地笑了幾聲。

「該說我希望那個人以為我會採取不切實際的行動嗎……所以我才像這樣短暫回國，但我預計明天早上再度出國。」

「短暫回國……這麼寶貴的時間拿來和我接觸有意義嗎？」

「嗯，有意義。」

羽川用力點頭。

聽這孩子如此斷言，就真的覺得這次見面似乎有重要意義，真神奇。

「對無所不知的臥煙小姐使用這種手法似乎沒什麼意義，但我出國之後，戰場原同學就變得容易行動，並且和你聯絡，我對此感到慶幸。這可說是令人開心的意料之外，或是令人開心的意料之內。貝木先生……」

羽川直視我的雙眼這麼說。

我沒見過有人能如此筆直注視他人的雙眼。

「請您拯救戰場原同學喔。」

030

我宣稱討厭當義工，總之要求羽川付計程車錢。羽川一副不敢置信的表情，但也沒有繼續反駁，以信用卡付清車資。

只是高中生居然刷信用卡，我覺得這樣很囂張，但她如今在國外旅遊應該需要這個工具。

「謝謝。」

我說完下車。

「貝木先生意外地正經呢。」

羽川下車時這麼說。

「啊？」

這女孩被我要求付計程車錢，居然還講這種話？是「貪小便宜」的口誤？

「不，沒事。不提這件事，找個地方吧？可以的話最好是避人耳目，能夠好好交談的地方。」

這是當然的。

悄悄回到日本的羽川，雖然沒有急迫性，但是應該和我一樣，說不定比我更需要偷偷摸摸行事。

去戰場原上次帶我去的 Mister Donut 也不錯……但那種店白天應該很多人。

「不介意的話，我想在我下榻的旅館交談，您在意嗎？那是廉價客房，肯定和貝木先生的飯店不同，但我目前也住在這附近。」

「……我不在意，可是……」

「啊啊，沒關係的。我不太在意這種事，而且我自認有看男性的眼光。」

羽川說完露出微笑，我原本還想說下去，卻覺得越是討論，我只會擅自內疚下去，所以作罷。

總之在體面上，比起到我下榻的飯店房間，到羽川下榻的旅館房間比較好。

不過她居然在騙徒面前宣稱自己有眼光，這是相當自負才說得出口的話語，我有點佩服。

「妳真是坦率……或許該說開放。」

我只說這句話，就跟在羽川身後，由她帶領前往她的旅館。

我在有點小的單人房和羽川相對。

「要用客房服務點些東西嗎？」

「不用……那個，請不要擅自用我房間的客房服務。我雖然有信用卡，卻不是有錢人。」

「這樣啊。」

這麼說來，她說過這是廉價客房。

「我是付出引人落淚的努力，尋找便宜到質疑是否合法的機票，將廉價旅遊行程利用到極限，好不容易才能夠環遊世界。」

「是喔。」

我點頭回應。

原本想炫耀貴賓通行證３００嚇她，但這樣不只是幼稚的程度，所以作罷。

不，並不是因為這麼做很幼稚而作罷。

就算對這個看似博學的女孩炫耀這張卡價值三百萬圓……

「啊，不過那張卡一律登錄為二十萬哩程額度，所以要是換成電子錢包點數或是實質機票，實際上會低於三百萬圓。」

她可能會這樣斤斤計較。

到頭來，我的狀況與其說是不會精打細算，正確來說是不義之財留不久，所以無論基於任何意義，恐怕都贏不了毫不愧疚堅持走在太陽底下的羽川翼。

她這種「引人落淚的努力」，反倒正是對我的炫耀。她必須知道，一個人光是活得光明正大，就會讓活得不光明正大的人深深受傷。

我不禁想講這種話找碴。

「妳必須知道，一個人光是活得光明正大，就會讓活得不光明正大的人深深受傷。」

我試著找碴。

羽川脫下大衣掛在衣櫃裡，以光明正大的笑容回應。

「說得也是，世間或許有這種想法。」

我很想一拳揮過去，卻沒自信能將事態收拾到不留後患，所以自制。

「羽川，妳有話要對我說，我也有話要對妳說。所以我不在意妳提這件事，甚至該說這樣正合我意，不過在這之前，我可以整合一下意願嗎？」

「整合意願？」

「嗯。關於這次的事情，似乎有各式各樣的傢伙抱持各種意見，許多想法縱橫交錯。」

此外還有「跟蹤者」（或許）、臥煙學姊派出的「監視者」（或許），以及神祕的寄信人（這個人確實存在）。

「以我這種工作維生的人，最重視他人的想法。」

「這樣啊……」

羽川翼當然知道我是以詐騙維生，所以她的附和很生硬，只能以生硬形容。

無妨。要是因為這種事而受挫，就當不了騙徒。必須被說NO一百萬次才算是獨當一面。

「所以我想知道。羽川，妳的立場是『拯救』戰場原與阿良良木吧？」

「那當然。我剛才就請您拯救他們吧？」

「但是反過來說，也可以解釋成妳交給我拯救，自己卻不拯救。或是解釋成交給他人處理，自己佯裝不知情。妳之所以出國找忍野，或許也是想先比戰場原或阿良良木先見到忍野，欺騙忍野，讓他再怎麼樣都不會回日本，或是更直接地要求忍野別拯救他們兩人。」

「……您居然能對他人抱持這麼重的疑心活到現在。」

羽川臉色有點蒼白地這麼說。看來連這種程度的懷疑，對她來說也是一種文化衝擊。

但我認為她不應該用這種眼光看我。

她究竟多麼率直地活到現在？

不過，看來相當成材的羽川翼，親切地配合我的作風。

「我想拯救戰場原同學與阿良良木。但是不一定要由我拯救。我只是不希望他們兩人死掉，所以無論是我、忍野先生或是您，由誰拯救都沒關係。」

她這麼說。

「妳敢對神發誓？」

我這麼問。在我應付千石撫子的現在，這是一種自由心證。

「我對貓發誓。」

但羽川翼正經地這麼說。

這是怎樣？這種說法不在我知識範圍，難道是最近女高中生的暗語？不妙，我沒跟上潮流，我落伍了。

「……妳不問？」

「啊？」

「妳不問我任何問題？不問我的立場……應該說我的心態？委託人戰場原就非常在意，妳不向我確認？不確認我為什麼接受戰場原的委託，以及我是否真的有心完成委託？」

就算我講得像是在找碴，但要是她真的這麼問，我也沒準備貼心的答案。所以如果羽川這時候問「為什麼？」或是「問得到答案嗎？」這種問題，我或許會因為啞口無言而惱羞成怒扔下一切。

或許會扔下戰場原黑儀與千石撫子，如同受夠這種寒冷的地方，再度搭機飛向沖繩。

我好像對戰場原說過大人不會輕易扔下工作，但這始終是昨天的說法，不是今天的說法。

不過，羽川的回應兩者皆非。

這個女人以甜美的笑容回應。

「我不問。」

「…………」

「唔～那麼，我想進入正題……」

「等一下。為什麼不問？意思是妳早已看透我的想法？」

我有點……不對，是相當不悅，反過來像是死纏不放般，詢問這個應該比我小十歲以上的少女。

但羽川依然維持笑容。

明明在密室被年長男性逼問，卻毫不畏懼。

「意思是這種事用不著問嗎……哼，小妹妹，看來妳無所不知。」

「我不是無所不知，只是剛好知道而已。」

羽川維持笑容這麼說。

這番話使我語塞。令我聯想到臥煙學姊的這番話使我懾服。

並非如此。完全不是如此。

羽川和臥煙學姊不同，沒有那種震懾他人的氣息。

即使如此，明明如此，我卻語塞了。該怎麼說，這樣變得很蠢。感覺我動不動就提防或試探，導致彼此完全處於對峙的狀況。

「……好吧。」

「嗯？」

「進入正題吧。羽川，來進行交換情報的程序吧。話是這麼說，但妳試圖以不同於我或戰場原的方向解決問題吧？我會提供所需的情報。所以妳也把妳所知道的事情全說出來。」

031

就這樣，我總算正確掌握到這座城鎮這幾個月發生的事情。

多虧是聽羽川說，至少比起聽戰場原說，我更能客觀掌握事態。關於千石撫子成為神的來龍去脈，或是當時造成的損害，我也得以詳細了解。

此外，我也得知臥煙學姊——臥煙伊豆湖在那座城鎮做了什麼事。居然將那個吸血鬼混血兒艾比所特都拉攏進來，真是亂七八糟。

相對的，很遺憾我難以提供羽川有效的情報。遺憾的是羽川，不是我，所以真要說的話無所謂。

何況即使這次對談的結果沒成為羽川的助益，她也沒有相當失望。

她是很成材的人。

我好羨慕。或許吧。

總之，羽川的立場是無論由我或任何人拯救，只要那兩個人得救就好，所以光是提供我有益的情報應該就夠了。

「嗯……」

我聽完一切之後點頭。

「……該怎麼說，依照妳的敘述，與其說姬絲秀忒．雅賽蘿拉莉昂．刃下心前往那座城鎮導致靈力亂掉，正確來說應該是那座城鎮靈力亂掉，才吸引姬絲秀忒．雅賽蘿拉莉昂．刃下心前往。」

「至少臥煙小姐雖然沒斷言，卻是這麼認為。所以她想讓一位新的神坐鎮在那間北白蛇神社。」

羽川這麼說。

「阿良良木拒絕這麼做，才導致一個無罪的女國中生變成神吧。」

「無罪的女國中生是嗎……」

「怎麼了？」

「沒事沒事。」

討論這種事也沒用，所以我僅止於搖頭回應羽川，繼續問下去。

「這麼說來，妳和千石撫子有交集嗎？如果有，妳對她有什麼印象？」

「交集……應該沒到這種程度。雖然面識，但她始終是阿良良木的朋友……應該說朋友的朋友。何況我們歲數有差。」

「嗯……」

雖說歲數有差，但她們分別是高三與國二，我覺得只差四歲沒什麼，不過十幾歲的青少年，差個四歲應該就有明顯差距。

如同我把戰場原、羽川與阿良良木當成小孩子，戰場原、羽川與阿良良木肯定也把千石當成相當年幼的孩子。

「但妳見過她。說說妳當時的印象吧。」

「……比方說懦弱、內向、怕生、乖巧……」

羽川開始說出這樣的形容詞，我覺得好平凡。我已經從千石撫子的父母聽過這樣的印象。

羽川是能讓我語塞的人，我還以為她會從不同角度述說意見，不過看來事情沒這麼順心如意。

還以為我對孩子期待過高，但羽川翼果然是羽川翼。

她說到這裡暫時停頓，然後這麼說。

「……她沒給我這一類的印象。」

沒有這一類的印象。

「大部分的人看到那孩子應該會這麼認為……我不想否定這種感想，不過她給我的印象是『不被理會』。」

「不被理會？例如在班上被大家無視之類？」

我納悶地確認。

就相簿裡的照片看來，她確實有種被欺負的氣息。不過她成為神的現在絲毫沒這種氣息。

「不，不是那樣。不被理會的是我。是我或其他人。」

「…………」

「那個孩子的世界徹底封閉。任何人說什麼都無法傳達給她。忍野先生似乎也相當在意那個孩子……但是到最後也沒能傳達。我現在才敢這麼說，那孩子雖然說她喜歡阿良良木，似乎也因此想殺害阿良良木與戰場原同學，但我覺得那個孩子其實沒喜歡任何人。那孩子沒將任何人看在眼裡。」

「…………」

總之，她算是擁有一雙慧眼。

不過，若要因而責備千石撫子或抨擊她的人性就沒有道理可言。千石撫子成為這種人的責任，在於稱讚那個傢伙「好可愛好可愛」並捧為吉祥物角色，包括父母在內的周圍所有人。

羽川當然也不打算責備千石撫子的樣子。

「我也想努力拯救那個孩子。」

她如此補充。

「……這方面別期待我。我接到的委託是欺騙千石撫子。」

「我明白。這是我的任性。」

「但阿良良木那個傢伙應該也這麼想吧？」

「應該也這麼想。不過，當前的問題是那孩子對兩人的殺意，確實得先解決這個問題。不需要一次就拯救所有人。」

她標榜理想主義，講的話卻很合理。

班導面對這種學生，肯定很難教下去。

總之就多多努力吧。

我只需要做好我自己的工作。

「不過羽川，若妳拯救千石撫子的意思是要讓她恢復為人類，妳最好三思。我想妳還沒和成為神的千石撫子交談過，但那個傢伙現在看起來很幸福。」

「……當事人認為幸福，並不代表真正幸福吧。」

「是嗎？」

「是的。我這麼認為。」

她似乎這麼認為。堅持這麼認為。怎麼回事？這是親身經歷？

羽川也曾經被各種怪異纏身、迷惑，或許這是她當時受到的教訓。

那麼，這是寶貴的教訓。

羽川翼肯定無須我叮嚀要珍惜這個教訓，就已經非常珍惜。

「既然妳這麼認為，那就這麼認為吧。等我騙完她之後，妳再拯救她。」

「……咦？這樣我的任務難度不就變高？」

羽川開玩笑地說著。

「我原本打算畢業之後立刻展開流浪生活，卻好難如願……唔～……」

「……………」

是否該忠告她別學忍野那麼做？我有點遲疑，卻覺得這是多管閒事而作罷。

別說多管閒事，這件事根本就和我無關。

我覺得各人想過什麼樣的人生是各人的自由，想成為神也是各人的自由。但我和羽川拿這個意見和羽川爭論也沒意義。

相對的，我這麼說。

「總之，我因為職業的關係，看過很多封閉內心的人，而且確實如妳所說，總是『不理會別人』。到最後，這種傢伙滿腦子只有自己……以我的觀點來說，這種傢伙被我騙是理所當然。」

我刻意講得像是壞蛋，背地裡也是想觀察羽川的反應。這是我的真心話，但我利用這段真心話試探她。

「天底下不是沒有您騙不過的人嗎？」

不過，羽川果然只是左耳進右耳出。

「我不曉得您是否騙得過神就是了。貝木先生，接下來這個問題或許會冒犯到您……」

「什麼問題？已經是這種狀況，事到如今沒有冒犯可言吧？」

「您覺得您好心騙她的計畫能成功嗎？」

「……妳的說法真怪。」

居然說我「好心騙她」。

這樣不就像是我為了千石撫子著想，對她說溫柔的謊言？荒唐。

「我也對戰場原說過，騙那個女孩易如反掌。羽川，不用擔心。我這個人不會為任何文件做擔保，但我只有這件事敢打包票。」

「這樣啊……那就好。不，嚴格來說我也不擔心這一點，只是，那個……」

羽川忽然結結巴巴。她欲言又止，再度鼓起勇氣想開口，卻還是沒開口。

這態度令我為難，好想用強硬手段逼她說。但我當然不想對女高中生動粗。

後來，我不知道這是不是羽川真正想問的事，但她面向我開口。

「貝木先生，方便告訴我忍野先生有哪些親人嗎？」

這是來自意外方向的一根箭。

我實在不認為這種事和本次事件有何關係。不對，她或許是想從忍野的親人打聽忍野的下落？

這確實是尋找失蹤人物的正確程序。

前提是失蹤的並非忍野咩咩。

「那個傢伙沒親人。」

「……………」

「我也沒有。所以怎麼了？」

「沒事……既然這樣，那個……」

羽川思索該如何發問。怎麼回事，她將希望寄託在忍野的親人到這種程度？若她以為那種流浪漢有個正常的家庭，終究只能說過於樂觀。

「比方說……他有沒有侄子之類的孩子？」

「侄子……？」

這又是唐突的詢問。不用說，侄子是兄弟的孩子……但忍野有兄弟？

這是基於何種構想？

我老實回答。就我所知應該算老實。

「那個傢伙沒有兄弟姊妹，完全沒有。不是原本的親人都過世，也不是離家出走，那個傢伙原本就舉目無親。」

「…………」

「所以怎麼了？」

「沒事……那個，貝木先生。我會付錢，所以關於我剛才詢問忍野先生隱私的行為，可以請您對所有人保密嗎？」

「喂喂喂，妳這種像是收買的舉動，我不以為然。還沒長大就做出這種事，將來可想而知。」

我說著朝羽川伸出右手。羽川默默從錢包拿出五百圓硬幣放在我手上。

「五百圓？」

「不好意思……我手頭沒什麼現金。」

「無妨。」

我說著摸索口袋，適當抓一把零錢給她。我給的或許比五百圓還多，但如果這樣也好。

「……這是什麼意思？」

「是找零。此外妳告訴我很多情報，這是情報費。」

「我沒要收錢……不過這金額似乎無須客氣。」

羽川數著手上的零錢繼續說。

「貝木先生真的很正經。」

「天底下哪有正經的騙徒？我只是認真。」

我依然聽不懂羽川這句話的意思，但我這次做得出反應。

後來我也繼續和羽川交談好一陣子，直到入夜。雖然只是閒聊，卻是之後可能派得上用場的閒聊。

對話內容的價值不只是零錢的程度，我甚至應該付萬圓鈔，不過這樣真的很像上酒店，所以我有所節制。

為了當作參考，我提到有人在我飯店房間放了一封信（「收手」），詢問她對這個人的真面目是否有底。

「我不太清楚。」

她這麼回答。看來她並非無所不知。

一般來說，我應該懷疑寄信者或跟蹤者是羽川翼，不過很神奇的是，這種質疑在我和她交談的過程中完全消失。

居然有這麼稀奇的事。

不過這並非第一次發生。比方說我至少每個月會有一次，在就寢時毫不懷疑明天早上會好好起床。

「不過，貝木先生，既然發生過這種事，您換間飯店比較好吧？」

「嗯……總之，我原本就預定在那間飯店住一週，這也是一個方法。不過或許換飯店也會發生同樣的事，要是像這樣過度反應，可能會正中對方下懷。」

「嗯……也對。」

不過，要是對方再度放信，我就非得考慮這麼做。

「啊，對了，貝木先生。」

這麼說來，閒聊途中有過這一段對話。

「阿良良木提過，千石妹妹的房間裡，好像有一個『禁忌的衣櫃』。那個衣櫃不曉得裝了什麼東西，而且即使是千石妹妹『最喜歡的曆哥哥』也被警告『絕對不可以打開』。貝木先生，您去過千石家的千石妹妹房間吧？有看過嗎？」

「沒有。」

關於非法入侵這件事，我沒告訴戰場原，當然也對羽川保密。

我進行任何交易都不老實。

「原來有那種東西？衣櫃是吧，我沒發現。」

「這樣啊。」

「應該藏了某些東西吧。」

「不曉得。不過既然想隱藏到這種程度，或許放了某種重要的東西。」

不對。是完全派不上用場的無聊東西。

我差點說溜嘴，在千鈞一髮之際忍住。為什麼差點說溜嘴？真神奇。

那只是無聊的東西。

032

後來好一段時間，盡是造訪蛇神大人千石撫子所在北白蛇神社的單調日子。我終於能這麼說了。

後來好一段時間，盡是造訪蛇神大人千石撫子所在北白蛇神社的單調日子。

我如同每天……應該說真的是每天前往北白蛇神社和千石撫子玩。明明是參拜卻說去玩，聽起來非常傲慢，但我覺得這種說法最中肯，所以也沒辦法。

花繩也越玩越熟練，不只是單人花繩，甚至進步到雙人花繩。我與千石撫子的雙人花繩遊戲一直持續下去。

後來我又看了好幾本花繩相關書籍並且背起來。雖說如此，即使像這樣整天玩、一直玩，千石撫子（公平來說，我也一樣）一直停留在某個領域無法突破。

花繩也很深奧，很難達到大雄的造詣。

只不過，即使碰到這種瓶頸，千石撫子也不像我會嫌煩或放棄，總是開心地繼續翻花繩。

我試著拿其他的遊樂器材（像是陀螺或積木，總歸來說就是不用插電就能玩很久的玩具）給她，而且也拿來玩，但最後還是回到翻花繩。

或許千石撫子有自己的想法，但是一點都無所謂。我只要在和她交流的過程中，有東西可以打發時間就好。

此外千石撫子似乎很喜歡日本酒，但終究不能每天喝，所以我每隔幾天就會拿一大瓶酒前往神社。

我喝酒比較喜歡喝洋酒，很少陪同一起喝，但千石撫子喝得相當豪邁。

而且她是整瓶拿起來對嘴喝。或許是我沒準備酒杯或酒盅的錯。

她明明外表（這樣就會包含蛇髮，或許應該說體型）看起來是女國中生，卻抱著酒瓶對嘴喝，該怎麼說，這是難得見到的光景，我很慶幸能有這種眼福。

甚至願意付錢。

只是，千石撫子不愧是神，酒量堪稱無底洞，但並不是不會喝醉，所以喝光日本酒之後總是更加開朗。這麼一來我終究容易累，所以會早早離開。

我每次都覺得今後別再拿酒過去比較好，但最後還是想看她開朗的樣子，明明說過每隔幾天才一次，我卻頗為頻繁地拿酒給她。

總之，這種生活持續了一個月。

爬山。

付一萬圓。

玩花繩、聊天。

偶爾喝酒。

沒發生什麼問題，沒被任何人妨礙。我的飯店房間也沒收到第二封信。不過，沒收到信就算了，在同一間飯店住超過一個月也有點怪，所以我後來按照預定每週換飯店。但即使更換飯店，也沒發生什麼特別的異狀。

後來我也完全沒感受到跟蹤的氣息，不過這也不是什麼大問題。不曉得是不是我沒有刻意調查對方身分，對方也沒有深入追蹤。應該說關於跟蹤者，或許果然是我多心了。依照現狀很可能只是我過於神經質。

此外沒有特別需要註記的事項。

真要說的話，發生過這種事件。

羽川提到一棟補習班廢墟，是忍野停留在這座城鎮時居住的地方。正確來說是「曾經」居住的地方。我在一月中稍微心血來潮造訪該處。

那裡是純白的廣場。

積了一層雪，而且沒有建築物。似乎是去年八月或九月發生火災燒光的。

這件事和臥煙學姊、艾比所特，還有阿良良木曆與忍野有關。這似乎也成為本次事件的遠因。因為阿良良木當時從臥煙學姊那裡取得千石撫子成為神的重要物品。以臥煙學姊的立場，應該是希望給忍野忍使用吧。

我當時不在場，所以不曉得阿良良木的判斷是否正確。應該說我不只是不想理解，也不想思考這件事。

我不是阿良良木、不是忍野忍、不是千石撫子，也不是臥煙學姊。換言之，這件事完全和我無關。

我聽過羽川的說明，在某種程度掌握到臥煙學姊的想法，但我也完全不打算思考個中的善惡或對錯。

所以我造訪那個補習班廢墟……的遺址，姑且是覺得可能有某些工作上的線索，但基本上是抱持感興趣與看好戲各半的心態。我覺得查出忍野在什麼樣的地方過生活有益無害。

可惜建築物本身已經消失，以我的目的來說，不算是得到滿意的結果。

不過，發生了一個有趣的巧合。

這就是我說的事件。

我在成為空地的這個地方，巧遇我所認識，名為沼地蠟花的少女。

她是我好幾年前在其他城鎮遇見的孩子，沒想到她是這座城鎮的人。

這是總有一天派得上用場的情報。

比方說，可能會在將來和神原駿河有關。

後來，一月結束了。

俗話說一月離、二月逃、三月去。結束之後會發現三十萬圓……更正，三十天真的是稍縱即逝。包含我接受委託的元旦則是三十一天。

用來整理計畫表、記錄與待辦事項列表的筆記本也進入第十本。這只是工作完成就要撕毀作廢的東西，不過晚上在飯店就寢之前回頭閱讀，就會有種「我真努力工作」的充實感。

騙徒的充實。

關於戰場原，我這個月打電話和她聯絡好幾次，但那天晚上在Mister Donut是最後一次直接見她。畢竟之後似乎不用列出必要經費請款，要是不見面就能完成工作，對彼此來說應該都是最好的結果。

羽川在那天的隔天，也就是一月五日再度搭機出國。但這或許是假的。或許她嘴裡這麼說卻依然留在日本，或是出國之後立刻偷偷再度回到日本，暗中尋找忍野或是其他的解決之道。無論如何，別太在意她應該比較好。畢竟我只要完成我的工作，羽川則是維持她自己的作風。

關於千石夫妻，我後來再也沒和他們聯絡，對方也沒聯絡。無論這份工作最後變得如何，我應該一輩子不會和那對善良夫妻有交集吧。

這麼說來，似乎要舉辦大學入學統一考試。

我進行百度參拜時，之所以從來沒遇見偷跑前來造訪千石撫子的阿良良木，似乎是基於這個原因，也就是他已經正式進入考大學的階段。

順帶一提，依照戰場原的說法，阿良良木確實參加了統一考試，並且確實考得不甚理想。

在瀕臨生命危機的現在，這堪稱理所當然的結果。至少可以這麼辯解。要是我順利騙過千石撫子（使用羽川的說法則是「好心騙她」），複試時就不能用這個藉口，為此我也努力加把勁。但願他別在第一階段就被刷掉。

然後，一月結束。

進入二月。

預定的日子來臨。

033

「這樣啊。所以終於要在今天動手了。」

「嗯，終於。就是這麼回事。」

一大早，我在離開飯店之前，打電話給戰場原。寒假已經結束，進入第三學期，所以我改成一大早打電話。不過戰場原是三年級，似乎並不是一定要到校。

她在奇怪的地方是認真的傢伙。

也可以說她是認真卻奇怪的傢伙。

「沒問題嗎？我終究會緊張。」

「用不著緊張。」

我以隱含從容的語氣回應。想到這份工作將在今天結束——將在今天大功告成，我當然不是不會緊張，但身為大人就得在這時候表現得從容不迫。

「我今晚打電話給妳。到時應該會是最後的報告。之後妳就準備和阿良良木舉杯慶祝吧。」

「舉杯慶祝是吧……」

戰場原似乎在嘆氣，不知道處於何種心態。感覺與其說她緊張、緊繃，更像是普通的無精打采。

怎麼回事？

「發生什麼事？」

我有些在意而詢問。

該不會在這最後關頭的關鍵時刻，狀況又有所改變吧？實際上這也是經常發生的事。工作總是在最後關頭的關鍵時刻翻案，這幾乎堪稱基本原則。

「不，沒事……只是貝木，想到包含這次在內，只會再和你交談兩次，我就覺得有點落寞。如此而已。」

戰場原明顯講得口是心非，大概以為這樣可以瞞騙我，但我莫名有種受到侮辱的感覺。

「我也這麼想。像這樣和妳私下聯絡，讓我回想起兩年前，挺快樂的。」

我同樣講得口是心非。

甚至可能只是無心之言。

我覺得被她掛電話也在所難免（這一個月經常發生這種事。有時候是我掛電話，有時候是戰場原掛電話，我居然能持之以恆工作到這一天）。

「呵……」

但戰場原笑了。我毛骨悚然。她明明不是會這麼笑的傢伙。

不對，這是兩年前的事。

她已經不一樣了。

比判若兩人還不同。

「我到時候當然會和阿良良木舉杯慶祝，不過貝木，我應該也要向你致謝。可以在最後再見一次面嗎？」

「不，沒這個必要。別開這種惡質的玩笑。多虧臥煙學姊，我不需要列出必要經費請款，我的收支也以獲利了結，沒必要接受妳的感謝……啊啊，話說戰場原，雖然這不是售後服務，不過……」

「什麼事？」

「記得我一月初說過的話吧？為求謹慎我重複一次，妳要好好叮嚀阿良良木啊。我不曉得他現在是不是忙著考大學，但我騙過千石撫子之後，要是那個傢伙大搖大擺跑去北白蛇神社見千石撫子，將會搞砸一切。」

「……就是這件事。」

戰場原發出為難的聲音，似乎也察覺這個問題點。

「到最後，這就是問題。要是我坦白一切，就非得說明這件事和你有關……這麼一來，阿良良木或許反而會賭氣前去見千石撫子。」

「妳是他女友吧？所以要是無計可施，我說真的，妳就說『為了我忍一忍』或是『我和千石誰比較重要』這種話撒嬌說服吧。」

「……就說了，要是我有辦法這麼說，我的人生就不會變成這樣。」

說得也是。不過既然攸關性命，難道不能硬是裝一下嗎？

「不，並不是能不能的問題，即使做得到，阿良良木也會看穿。我雖然很會演戲，但要是忽然講這種話明顯很突兀。」

「我想也是。既然這樣，就不要忽然講。如同我整個一月都用來拉攏千石撫子，妳用整個二月拉攏阿良良木吧。」

「居然說拉攏……」

戰場原語氣無奈。

「對你來說，人際關係只是一種討價還價吧。」

「我沒做過討價還價這種事。」

我一瞬間如此否定，不過這段對話本身，換個角度來看也是討價還價。我隨時注意讓自己不接受討價還價，但或許是因為我不會討價還價。

「總之，當前已經沒有時間限制。如果想拯救千石撫子，等你們成為大學生應該也不遲吧。」

我當然沒對戰場原透露我見過羽川，卻把她那番話放在心上這麼說。

「所以即使沒辦法說服阿良良木，至少要適度編個理由讓他別靠近那座山。畢竟這攸關生命，至少要做到這件事。」

「也對……畢竟攸關生命。」

沒錯。攸關戰場原的生命，也攸關阿良良木的生命。

無論使用何種說法，應該都不算是不誠實。

不對，算嗎？

無論基於何種理由，都不應該有事情瞞著戀人？

我不懂。真的不懂。

「戰場原，我可以問一件事嗎？」

「什麼事？」

「妳喜歡阿良良木的哪個部分？」

「你沒有的部分。」

戰場原或許自認這個答案貼心又諷刺，但即使這是刪除法，這也代表她挑選對象的基準是我。

「因為他是阿良良木。」

她似乎察覺這一點，所以如此改口。

「如果阿良良木不是阿良良木，我肯定不會喜歡吧。」

「我不懂。」

我這麼說。

「看來妳現在非常熱中，投入到願意為了阿良良木犧牲自己的生命，但你們反正成為大學生之後就會輕易分手吧。」

「…………」

「或者是出社會的時候分手。高中情侶就這麼步入禮堂的機率幾乎是零吧？這終究是無聊的戀愛遊戲。」

「……總之，我就當成耳邊風吧。我不會走到這一步推翻一切，我不是這種不懂盤算的女人。不過可以告訴我嗎？為什麼要講得這麼壞心眼？」

我沒能回應，甚至沒預料到她以如此可嘉的態度回答我。而且聽她這麼說就覺得，我為什麼對高中生孩子講得這麼壞心眼？

無論是戀愛遊戲還是什麼遊戲，既然當事人樂在其中不就好了？我為什麼緊咬著這件事不放？

說穿了，這就像是我對公園沙地玩家家酒的幼稚園兒童說「實際的婚姻生活不是這樣」。

我對自己感到可恥。

所以我沒有回應，半強硬地結束對話。

「總之，恭喜妳。」

我這麼說。

「可以和最喜歡的阿良良木一起活下去，真是太好了。」

「……你真心急。還是說你自信滿滿？明明要是今天不順利就等於從一開始就不順利，你該不會自認勝券在握？」

「我自認勝券在握。」

我再度在腦海模擬說服千石撫子有多麼簡單，更加充滿自信地這麼說。

我沒大意，而且果然在緊張，但這種事沒必要告訴戰場原。

「不用擔心。妳放學回來的時候已經解決一切。」

「……這樣啊。那麼……」

戰場原說了「那麼」，我還以為她準備道別掛電話，但她繼續說下去。

「那個，在成功之後……換句話說，在你工作成功之後，在你拯救我之後才說這種話，聽起來可能會不是滋味，所以容我先說。」

「妳要說什麼？」

「就算拯救了我，也不准得意忘形。」

「…………」

「不，我當然很感謝，會道謝，如果你改變主意要額外請款，我也打算付。甚至願意隨你使喚。但是別以為這樣就能讓我忘記以前的怨恨與爭端，我將永遠憎恨你一輩子……討厭你一輩子。」

「嗯……？」

我出聲回應，卻變成含糊其詞的附和。這個傢伙講這什麼理所當然的事？用不著像這樣刻意鄭重說一遍吧？

我搞不懂這個傢伙。真的搞不懂這個傢伙。

不過回想起來，她從兩年前就是這種傢伙。

「約定依然有效。這個事件結束之後，麻煩一輩子別來我的城鎮。請再也別出現在我與阿良良木面前。」

「放心，我未曾毀約。」

我不得已適度回應，戰場原以極為冷淡的語氣作結。

「說得也是。你無論是以前還是現在，都沒對我說過謊。」

034

我結束通話之後，就這麼登記退房外出。包括筆記本與換洗衣物，隨身物品在這段生活期間增加許多，加上也不能雙手空空退房，因此我拖著新買的行李箱退房。

總不可能帶著行李箱爬積雪的山路，所以我將行李箱寄放在車站的投幣置物櫃。

不，現在不能稱為投幣置物櫃吧。實際上我也是以手機的ＩＣ晶片鎖櫃子。

無論如何，今天結束工作之後，那個行李箱裡的東西幾乎都可處理掉，甚至找地方扔掉整個行李箱也無妨，但人生不曉得會發生什麼事。

「直到回家都算是旅行」這句話，仔細想想會覺得比起謹慎更像病態，但這是正確的心態。

實際上，我在這天前往北白蛇神社之前，又遭遇了一件事。人生不曉得會發生什麼事。這是正確的預料。

我將行李箱收進櫃子，搭電車前往他們城鎮的途中，就在這輛電車上（我錯開尖峰時段，所以車上很空），女童坐在我的身旁。

是式神少女——斧乃木余接。

「咿耶～」

她比出勝利手勢。

面無表情。

「……如今還有什麼事？」

我沒轉頭，就這麼看著正前方對她說話。

「我應該已經和臥煙學姊斷絕往來。」

「不，你始終是和臥煙學姊斷絕往來，我不一樣。貝木哥哥在我心目中依然是哥哥，這一點無可撼動。」

「這部分給我撼動一下。」

我再度要求她直接叫我貝木。她也出言允諾。

「不過這麼一來，你真的打算違抗臥煙小姐吧？」

斧乃木繼續這麼說。毫無情感。極度、極端地毫無情感。

「我以為你打算在最後關頭的關鍵時刻推翻這個決定……我如此期待。」

「妳不是被臥煙學姊派來的？」

「嗯？不是喔，我只是要去找鬼哥玩。」

「…………」

「鬼哥」大概是阿良良木曆的暱稱，斧乃木這個命名品味挺不錯的。

「我要找他疼我。所以只是湊巧在這裡和貝木並肩而坐。」

「……居然有這種巧合，這個世間真是不可思議。」

「嗯，不可思議。鮮紅不思議。」（註5）

我開始思索。

一般來說，斧乃木只是受人之託，即使不是臥煙學姊，應該也是影縫或某人要她對我提出最後的忠告。

不過，我覺得或許真的只是巧合。

平常的我絕對不會這麼認為，卻只有這次如此認為。

斧乃木——這個幾乎沒有自我意志的屍體憑喪神，或許是基於個人動機前來忠告

註5　日文「摩訶」與「鮮紅」音近。「摩訶不思議」為日文漢字，意指非常神奇。

我。我這麼想。

雖然不可能，但如果可能也無妨。

我這麼想。

「三百萬圓。我覺得當成違抗臥煙小姐的報酬太廉價了……不過貝木，即使臥煙小姐沒這個意思，你今後也很難在這個業界活下去。」

「我從來不認為這個世界很好過。但我好幾次覺得自己的人生很廉價。」

「…………」

「臥煙學姊也並非沒有敵對勢力。我會適度騙那些傢伙撐一陣子。」

「……別人的女朋友這麼重要？」

斧乃木講得很奇怪。看來要是打交道的對象不好，個性果然會變得扭曲。

「別人的女朋友，而且是以前的女人。」

「看來妳有所誤解。但我不想糾正。」

他人的誤解，扔著不管是最好的做法。

怪異的誤解也一樣。

誤解的斧乃木，依照這個不切實際的誤解繼續說下去。

「貝木，這樣不像你的作風。做出不像自我風格的事，真的不會有好下場。你並不是沒經歷過這種失敗吧？」

「…………」

「啊，不過，這樣並不是不像你的作風。記得是兩年多前吧？聽說貝木曾經詐騙一個相當大規模的宗教團體垮臺。」

「…………」

「雖說是間接，但我也受命幫過忙，所以記得。那也是為了戰場原吧？那孩子的母親沉迷……應該說被迫沉迷於惡質宗教團體，你明明賺不到多少錢，卻為那個孩子毀掉這個宗教團體吧……不過到最後，那孩子的母親只是轉為沉迷同系列上游的其他團體，沒解決任何問題。」

「……妳的見解真有趣。我只是順手牽羊，在工作時發現那個宗教團體企圖先一步搶走我的成果，才向他們下手。但我的確沒賺到多少錢，妳要這麼解釋也無妨。妳把我當成這麼好的傢伙，對我沒有損失。那次的工作算是失敗。」

「而且這次也會失敗吧？這是臥煙小姐真正擔心的部分。她不是擔心那座和自己毫無淵源的陌生城鎮，是擔心你，擔心你的身心。她擔心貝木或許又會做出不像自我風格的事。」

「我不喜歡那個學姊以學姊的架子看待我。」

「你之所以讓戰場原家破碎，逼到夫妻非得離婚的下場，也是因為只能這麼做吧？是因為判斷戰場原家必須割捨這個母親，否則獨生女沒有未來吧？」

「嗯，對對對，正是如此，其實我是非常好的傢伙，是這種為孩子著想的善良傢伙，是只有表面上使壞的傢伙。妳很清楚嘛，居然知道這種事。但是別告訴別人啊，我會不好意思。」

「……這部分也失敗了。你沒理解到女兒為母親著想的心情。」

「對對對，就是這樣，哎呀~當時的我沒理解這件事，得小心以免重蹈覆轍才行。嗯，這段漫長的人生，今後也繼續努力下去吧。」

「……你一輩子都是這種個性？」

「對。我一輩子都是這種個性。」

「其實你自己也不清楚自己在做什麼吧？」

「天底下哪有人清楚自己在做什麼？妳也一樣不清楚為什麼和我講這種話，為什麼對我說這種話吧？」

「我認為成功機率很高。貝木肯定可以輕易騙過千石撫子吧。按照常理思考是這樣沒錯。不過，你在這種時候一定會失敗。你至今總是這樣。」

「…………」

「至少臥煙小姐應該這麼認為吧……我能說的就是這些。」

「這樣啊。」

我只回她這句話。沒有明顯的反應，也沒說感想。

後來，我直到電車抵達目的地，都在打聽影縫的近況。那個女人似乎一如往常。

一如往常維持自我風格過生活。

035

「這丫頭似乎很脆弱。」

我第一次遇見戰場原黑儀，也就是兩年前的時候，我對她抱持這種想法。

戰場原當時當然罹患怪病，虔誠的母親才會找來當時標榜捉鬼大師的我，不過即使除去怪病等要素，我也覺得她「似乎很脆弱」。

這個感想至今依然沒變。

「似乎很脆弱」。

即使是治好怪病的現在、結交男友的現在、改頭換面的現在，我依然覺得她「似乎很脆弱」。如果千石撫子是「已經壞掉」的少女，戰場原黑儀就是「似乎會壞掉」的少女。

我覺得她脆弱又危險。

正因如此，我覺得現在的她是奇蹟。不是怪病，是奇蹟。看起來那麼容易壞掉的人，居然在兩年前、在現在、在這十八年來都一直沒壞掉。

母親壞掉了。不過女兒沒壞掉。

我不曉得今後會如何，但至少她此時此刻沒壞掉。

因為我欺騙千石撫子。

「撫子來也！」

我在賽錢箱放入萬圓鈔，千石撫子就一如往常，如同上個月每天見到的一樣登場。她那有趣的姿勢，我終究看膩了。應該說有點消化不良。

雖說如此，想到今天是最後一次看到這樣的千石撫子，就有種寂寞的感覺。真神奇。

不，等一下。我剛才順勢就在飯店辦理退房，但我既然說要進行百度參拜，我其實應該在接下來——在後續七十天繼續來這間神社比較好吧？

要是對千石撫子說出假情報，在騙她之後就消失無蹤，這個情報的可信度或許會降低。

嗯……那麼即使不用滿七十天，至少也要再三十天……

等一下，這樣不就真的像是捨不得和千石撫子道別？這樣簡直像是下不了決心、捨不得死心的男人……

在今天結束當然比較好。

雖然也可以認為之後繼續前來比較好，但是接觸次數越多，我的謊言反而越容易露出馬腳。反正當她知道「最喜歡的曆哥哥」無須她親自動手就已經死掉的震撼消息，肯定就不會把我當作一回事。

「耶～一萬圓一萬圓！」

「…………」

我有點看膩千石撫子的奇特舉動，但她似乎還沒收膩一萬圓的香油錢，一如往常快樂無比。

總之，為錢快樂的人很老實，是好事。

現階段合計已經超過三十萬圓，如果只看這一點，她堪稱很花錢的女人。

忽然進入正題也不太對，所以我先一如往常和她翻花繩、讓她喝酒，藉以消磨時間。

然後，當我尋找契機要開口的時候……

「對了！貝木先生！」

千石撫子輕拍手心。

此時，我手中花繩搭的橋變形了，但千石撫子看都不看。

「差不多該告訴撫子了吧！」

她這麼說。

就算她要求我告訴她，我也不曉得她在說什麼……是花繩的新招嗎？但我已經竭盡所能將我知道的招式全部傳授給她，再怎麼生也生不出新招……

然而，並非如此。

千石撫子想問的，要求我告訴她的，是我不惜百度參拜也想實現的願望。

「啊啊……願望。」

「是啊！總覺得撫子好像只是白白拿錢，這樣會過意不去！撫子剛成為神，不曉得是否做得好，不過貝木先生，至少說出你的願望吧！」

「…………」

糟糕。我太大意了。我什麼都沒想。這件事一直擱置，何況我本來就不想達成百度參拜，所以我腦中沒有任何備案。我之前只提到希望生意興隆，早知道不應該那麼說。我當然不可能說出我的生意細節。

有種冷不防被暗算的感覺。怎麼辦？

我沒有多想，總之先接話說下去。

「不過願望這種東西，常常在人們說出來的瞬間變得無法實現。」

我內心努力想要轉移話題，但我的言表肯定沒有任何變化。

「咦？」千石撫子歪過腦袋。「什麼意思？」

「這間神社的規則，今後應該是由妳來決定，不過新年參拜時，不可以把自己的願望告訴別人。據說洩漏的話就無法實現。」

「嗯？為什麼願望告訴別人就無法實現？」

「因為話語不值得信任。」

感覺應該有其他許願相關的理由，但我這時候刻意提出自己的論點。雖然千石撫子的這個問題是冷箭，但我反而利用這個機會切入正題。

「願望說出口、告訴某人的瞬間，就會和想法擦身而過。話語全都是假的，盡是謊言。無論是何種真相，都會在述說瞬間加入修飾。語言是一種形容方式，所以會混入雜質。如果希望實現，只希望能夠實現，希望願望成真，就絕對不能將願望說出口。」

「……咦，可是……」

千石撫子困惑地回應。

「這樣撫子就不曉得貝木先生的願望，所以沒辦法幫忙實現……而且撫子至今把自己的願望講了很多次耶？」

中計了。我原本提心吊膽以為她說不定沒察覺我的暗示，但她似乎還有這種智慧。或許千石撫子比瓢蟲聰明。

「撫子想殺掉曆哥哥，以及曆哥哥的女友與奴隸。撫子一直在講這件事。」

「是啊。所以……」

我這麼說。極度做作、極度矯飾。

我對千石撫子說出虛假的話語。說出普通的話語。

「所以這個願望無法實現。妳一直說出這個願望，所以再也無法實現。」

「……什麼意思？」

「我今天非得說出這件事，非得告訴妳這件事。妳說妳想殺的阿良良木曆，以及戰場原黑儀跟忍野忍，都在昨天晚上車禍身亡。」

千石撫子受驚般瞪大雙眼。

她的頭髮，超過十萬條的白蛇也全部瞪大眼睛。

「貝木先生也在騙『我』。」

然後，她陶醉微笑。

036

我的工作表現很完美。我有自信這麼說。花費一個月，在這個月每天走這條一不小心可能會遇難的山路來到這間神社，為了今天這一天而細心布局。

即使如此，千石撫子依然這麼輕易看穿我的謊言，代表這傢伙到頭來完全不信任我。

她不相信我。

雖然沒懷疑，卻也不相信。所以沒有欺騙可言。

基於這層意義，或許堪稱是我反而被千石撫子騙了。

從智力、聰明這種觀點來看，要欺騙千石撫子確實易如反掌。即使拿瓢蟲相比實在太誇張，但是對於騙徒來說，要騙她肯定很簡單。

然而我不應該重視這一點，應該更重視內心的問題。我自認絕對沒有輕視，卻沒想到這女孩將內心封閉到這種程度。

不是內心的黑暗，是黑暗的內心。

不理會任何人。

羽川說過的這句話，事到如今才在我的腦中迴盪。以為這個月以花繩、香油錢與酒稍微建立信賴關係的我，以為取得千石撫子信任的我，最後只能形容為大笨蛋。

我或許是千石撫子的第一號信徒，但千石撫子完全沒相信過我。

沒相信、沒懷疑。

只把我當成普通的我。

我回想起被當成花繩的那條白蛇。回想起自己吃自己的銜尾蛇——只理會自己的那條蛇。

「真的……只是騙子。大家……真的老是說謊……」

沙。

沙沙。

沙沙沙沙沙沙沙。

北白蛇神社坐鎮的山化為蛇。不對，這樣形容的話，各位會依照耳熟能詳的神話故事，想像整座山是一條大蛇，實際上並非如此。不過這樣形容我接收的印象最為貼切。

神社境內、主殿裡、賽錢箱裡、神社周邊的岩石底下、雪中、樹後，都接連出現大量白蛇。

如同光明射入黑暗。

如同黑暗吞噬光明。

蛇接連出現在空間之中。真的不只是十萬隻，大小各有不同的蛇，即使同樣是白色也沒混入雪中，充斥於整面視野。

蛇、蛇、蛇、蛇。

眨眼之間，什麼都看不見了。神社主殿、鳥居、地面、樹木、花草，一切都被白蛇覆蓋殆盡。

在這幅光景裡勉強看得見的其他物體，只有千石撫子的身影。

不對，她自己比任何人更像蛇，所以我的視野果然完全被蛇覆蓋。

在這樣的環境中，千石撫子果然是陶醉地掛著微笑。

「……嗚！」

早已超越噁心或恐怖的等級。雖然完全不一樣，或許有人會氣我拿這種事相提並論，但我回想起曾經在某個海域浮潛的往事。對，我現在的心情，和當時看見整面無垠珊瑚礁的心情類似。

由於過於壯烈，我不禁抱持一種感想。

「好美麗……」

大量的蛇理所當然毫不留情層層捲上我的身體。應該說連我的衣服裡都出現白蛇。白蛇從各處、不知道從何處冒出來，從任何地方都能出現，我甚至以為我嘴裡都會冒出白蛇。

我即使是偽物、是老千，好歹自稱捉鬼大師，至今目擊過各式各樣不計其數的靈異現象。

都市傳說、街談巷說或是道聽途說，我都有過不少體驗。

戰場原的怪病也是一例，也是一環。

所以我並非完全沒預料到會變成這種模式。

無須臥煙學姊忠告、無須斧乃木擔心、無須羽川畏懼，我也思考過失敗時該怎麼做。

我知道即使再有自信，也不曉得世間會發生什麼事。例如我就算做好萬全準備，也可能遭受某人（跟蹤者或任何人）的妨礙。

所以我並非完全沒提防千石撫子可能這樣失控。疑心病重的我不會沒提防這種事。

不過，千石撫子的「失控」超脫界限，使我的想像毫無意義。我從來沒聽說過蛇覆蓋整個視野的靈異現象。

我甚至無法判斷這些蛇是真蛇還是蛇的幻影。

而且最恐怖的是，這樣其實不是千石撫子的「失控」狀態。

她以完全正常的心理狀態，也就是毫無情緒起伏就做得到這種事。

甚至沒對我的謊言生氣。

因為對她來說，這是她打從一開始就知道的事。

「真的老是說謊、真的老是說謊、真的老是說謊……這個世間、這個世界、這個人世，真的真的真的真的真的真的盡是謊言謊言謊言謊言謊言……」

千石撫子一邊說，一邊讓自己周圍的大量白蛇躍動、舞動。

與其說整座山化為蛇，應該說蛇群龐大的體積甚至超越山的體積。

為了避免不小心失敗，我擬定過類似作戰的計畫，例如以暴力方式突襲千石撫子強行打倒她，但我清楚感覺到這種計畫輕易在心中煙消雲散。

啊啊，這樣不行。

這就是所謂的一籌莫展。

戰場原與羽川都在找忍野那傢伙，似乎以為忍野肯定能解決任何狀況，宛如將忍野當成超人。不過即使忍野在場，面對這種東西應該也束手無策吧。

明明是當初要將忍野忍拱為蛇神的計畫出錯導致這種結果，那位臥煙學姊卻就此「收手」，如今我可以明白她為何這麼做。

這個少女的怨念、這個少女的內心，或許超越傳說中的吸血鬼，超越號稱所有能力超乎常理，鐵血、熱血、冷血的吸血鬼——姬絲秀忒・雅賽蘿拉莉昂・刃下心。

「真的……是個大騙子！」

「哈，妳在對誰講這種話？」

我不禁失笑，並且不敢相信自己能使用這種語氣。我究竟要虛張聲勢到什麼程度？而且在如今這種狀況還稱呼我騙子的千石撫子，即使不提她是孩子、即使不提她剛成為神，依然幼稚過頭。

我不得不失笑、不得不苦笑。

「而且妳講這什麼話？講得好像自己從來沒說謊。妳明明也一直欺騙周圍的一切至今。」

「…………」

千石撫子的笑容毫不動搖。

我的話語沒有傳達。

既然話語無法傳達，當然不可能騙得過她。基於某種意義，她一直欺騙自己至今，所以我不可能進一步成功騙過她。

因此，我這種垂死掙扎般的話語何其悽慘。我差點被爬滿全身的白蛇重量壓垮，卻依然拚命裝酷，或許這樣的我更像是個幼稚孩子。

「如果我是騙子，妳就是大騙子。居然想殺害喜歡的人，妳亂七八糟到淺顯易懂的程度……甚至堪稱破綻百出。」

我像這樣說起中肯的言論，就代表我終於走投無路。該說這是逼不得已在最後的最後出鞘的貼身寶劍嗎……不過這等於是自戕用的武器。

「說什麼喜歡曆哥哥、好喜歡曆哥哥，妳別說謊了。就只是討厭他吧？只是覺得火大吧？曆哥哥沒有最喜歡妳，和其他的女生交往，妳對他憎恨、討厭得無以復加吧？妳明明這樣明講就好，卻只因為不想成為這種討厭、憎恨他人的人，就當成自己『喜歡』他吧？到最後，妳喜歡的不是曆哥哥，是妳自己。妳只愛自己一個人。」

只愛自己。自戀。獨自封閉於這個世界。

所以無論是我、忍野、臥煙學姊或阿良良木，都無法拯救這個女國中生。

沒有任何人能拯救她。

真要說的話，對，就是忍野從學生時代常講的那句話。

人無法救人，人只能自己救自己。

現狀已經如此幸福，充滿自戀、充滿白蛇的千石撫子，早就完成自我救贖，所以沒有他人介入的餘地。

「妳沒辦法實現任何人的願望。因為妳再怎麼假裝是神，即使真的是神，到最後滿腦子依然只想到自己、只相信自己。妳不可能體會他人的心情或信念。」

我有什麼資格講這種話？

到頭來，我在講什麼？

要是我有餘力講這種話，應該趁這個機會求饒吧？無論我採取何種行動、進行何種爭論，現狀都幾乎已經完結。

只要千石撫子一聲令下，充斥於周圍、攪亂周圍的無限蛇群，應該會將毒牙插滿我的全身，蛇毒將走遍我的全身。

這是不死之身吸血鬼——阿良良木曆也被毒到剩下半條命的毒。

我這個普通人，肯定連半條命都不留。

不，千石撫子或許無須用毒應付我。只要就這樣將無限的蛇無限增加，光靠重量就足以壓扁我。

現階段，壓在肩膀與頭上的白蛇重量，就使得我的身體軋轢到將近極限。據說蛇是以長長的身體將小動物的骨頭捲碎之後吞噬，就是這種感覺。

所以我應該說「原諒我」、「饒了我」、「對不起」或「我錯了」。

無論說什麼都好，我應該拋棄尊嚴、拋棄大人的面子，甚至下跪磕頭或五體投地，真摯反省自己不應該企圖騙她。

應該羞於自己沒有自知之明。

羞於自己的不明。

我應該向她哀求救命。

「妳很愚蠢，是個笨蛋。我以為妳瘋了，但不是這樣。妳只是幼稚又純真，是個滿腦子只想到自己，隨處可見的麻煩傢伙。妳該不會因為成為神，就誤以為自己是特別的存在吧？」

但我沒這麼說，反而只說這種像是責備千石撫子的話語。感覺我這種行為是個性扭曲的極致。

我明明應該求饒，為什麼沒這麼做？大概是因為我無法原諒千石撫子。

我無法容忍。

我不想被這種傢伙拯救。

任何人都好，我只不想被這種傢伙拯救。

「……有人說過討厭我。」

窩在自己世界，完全聽不到我話語的千石撫子，就這麼笑咪咪地說著。

「那個人說討厭『我』這種『可愛的丫頭』。咦……是誰這麼說的……是誰啊……好像是曆哥哥……」

「…………」

無論對方是神還是後輩女孩，阿良良木打死也不會講這種話。會講這種話的傢伙應該是戰場原。

如同我在九死一生的現狀依然對千石撫子惡言相向，那個傢伙對千石撫子應該是毫不客氣吧。我非常清楚她的口德。

而且以某方面來說，她的臭嘴功力正是我強化的，所以我很清楚。

而且最重要的是戰場原。

即使不提毒舌或臭嘴，單純排除阿良良木的要素，她依然討厭千石撫子吧。我很清楚。

「可是，在這種狀況該怎麼做？」

「…………」

「我確實是『可愛的丫頭』，但這基本上不是我的錯吧？就算因而被討厭，我也沒辦法做什麼吧？我也討厭這樣的自己，可是這就是自己、這就是我，所以情非得已吧？」

「…………」

「不是只愛自己。不是自戀。我雖然只為自己著想、只相信自己，但我也非常討厭我自己。」

千石撫子這麼說。

她笑嘻嘻地說著不曉得有幾分真心的話語。

「即使如此，這樣的自己也是自己，所以只能喜歡吧？只能連最討厭的自己都必須喜歡，無論是怎樣的自己都必須喜歡，成為像是神一樣的人吧？」

「這……」

我原本想說「這樣啊」。

我想迎合、想低聲下氣，但我的感性做不到這種事。壓在全身的蛇群重到我終於站不住，只好跪下。

膝蓋著地的位置也有蛇。軟趴趴的噁心觸感。

「這……就錯了。」

「…………」

「不准說這種冠冕堂皇的藉口。我已經知道，妳只是順其自然成為神吧？妳並不是真的想當神吧？並不是為了成為神而努力至今吧？並不是想當神而成為神吧？不是嗎？」

「我……並不想成為神。並不是想成為神而成為神。啊哈，總之，這部分是這樣沒錯，不過……」

「妳根本漫無計畫，應該說這如同誤打誤撞。那妳就別表現得像是秉持個人理念之類的東西。妳現在或許幸福，應該很幸福，卻只像是隨手買的彩券湊巧中大獎。不對，這張中獎的彩券不是妳買的，是別人送的。到最後……」

我這麼說。事到如今，我依然講得像是在挑釁千石撫子。

「到最後，妳即使直到現在、即使成為神，依然和以前一樣、和人類時期一樣，被周圍環境耍得團團轉。如同當年被稱讚好可愛捧上天，如今則是被尊稱為神捧上天。」

如同以前受到呵護、受到寵愛，如今則是受到供奉、受到歡迎。

「妳是個娃娃，這一點從以前到現在都未曾改變。這部分和我認識的某個女人不一樣。」

「…………？」

千石撫子第一次因為我的話語蹙眉。或許應該形容為困惑的笑容。如同千石撫子在我眼中很幼稚，我在千石撫子眼中應該是愚蠢得令人傷透腦筋吧。

但我還是說下去。繼續說下去。

「那個傢伙拒絕被神拯救，拒絕變得輕鬆、變得幸福。我當時覺得那個傢伙維持原樣比較好。神難得實現她的願望，所以我覺得維持原樣比較好。我無法理解那個傢伙為什麼想治好那個怪病。相對的，我知道那個傢伙治好病會留下多麼難受的回憶。」

「……………」

「但是那個傢伙始終選擇了不依賴神的生活方式。她如此許願。她否定順其自然、否定機緣，不怪任何人、不怪任何事物，否定所有能讓內心舒坦的管道。我在各方面貼心為她著想，卻反而招致她的怨恨。如何，和妳大不相同吧？」

難怪兩人調性不合，難怪她會說非常討厭千石撫子。

也難怪千石撫子會想殺她。

即使不提情敵要素，千石撫子也憎恨戰場原黑儀到想要殺害的程度吧。

「……也對，或許大不相同。我不曉得你是以什麼心情說誰就是了。」

千石撫子這麼說。

「不過，就算這樣，現實上應該也是某人的錯吧？以我的狀況，無論是當成漫無計畫或誤打誤撞，絕對有一部分是扇小姐的錯。」

「扇？」

扇？

怎麼回事，這是誰？是某人的名字？

這麼說來，有件事我不懂。千石撫子成為神的經緯，近乎是陷入絕境時的逃避行為，但她為什麼知道臥煙學姊託付給阿良良木保管的「神之根源」在哪裡？

我原本以為她不是早就知道，只是湊巧發現，但是聽她的說法，該不會是某人慫愚的吧？

是某人將千石撫子打造為神？

這麼說來，千石撫子剛才說「貝木先生也在騙『我』」。

貝木先生「也」。

既然這樣，就代表某處的某人也想騙千石撫子。雖然也可以把這個人解釋為阿良良木或戰場原，但他們的行為沒有欺騙的要素。

其他人也沒有想騙千石撫子的意思，只是想疼愛她。

既然這樣，是誰？

欺騙千石撫子，不是疼愛她，而是將她打造為神的是……扇？

扇？

「唔……」

我覺得似乎掌握到重要的線索，覺得必須將這個重要情報轉達給臥煙學姊之類的人，卻沒辦法繼續思考。

時間到。

我甚至已經無法跪著，往前趴倒在地。蛇群重得我無法直立上半身。

我逐漸沉入蛇群，光是維持呼吸就得拚命。

「總之……這種事無所謂。」

「…………」

「不對，有所謂。雖然抵抗是情非得已，可是要怪曆哥哥想騙我。不應該對我說謊。」

「……阿良良木，和我的行動，無關。」

我痛苦承受著重壓如此回答。這是極為正直的話語，卻缺乏誠實。即使阿良良木本人沒有委託，但我的行動無疑是為了拯救他。

對於千石撫子來說，這似乎也是無須爭論的部分。

「這是懲罰。」

她擅自說下去。

「我會守約，等到畢業典禮那一天。不過再殺幾個人吧。再殺幾個人當作懲罰吧。大概宰掉五個和曆哥哥相關的人吧，而且是在曆哥哥的面前下手。」

「…………」

五人啊。

總之，比起臥煙學姊所預料「可能會毀掉整座城鎮」的最壞下場好很多。

我雖然失敗，但似乎不會造成太悽慘的結果。這個事實讓我安心鬆了口氣。要是忠告的臥煙學姊或斧乃木對我說「看你沒聽勸的下場」這種話，我在九泉之下也不會瞑目。

不過，五人是吧。

先不提就這麼會在這裡被除掉的我，誰會被殺呢……

「月火與火憐果然是第一選擇。雖然月火是朋友，但也情非得已，誰叫這是曆哥哥的錯。再來是羽川姊姊……還有一個我沒見過，卻聽說是曆哥哥最要好的朋友，記得叫八九寺真宵？此外，雖然有點不願意，雖然非常不願意，不過還有神原姊姊吧。」

「……………」

嗯。

總之，人選大致上應該是這麼回事。

如果是六人就會加上忍野，如果是四人應該會刪除那個八九寺。不過反過來說，就只有這種程度。阿良良木與千石撫子的人際關係只有這種程度。

千石撫子看起來如此執著於阿良良木，卻對阿良良木一無所知。

阿良良木的交友圈以及人際關係，再怎麼樣也不可能只有五人。總歸來說，我認為這個女國中生對阿良良木一無所知，只是表面上說很喜歡或非常喜歡。

只是這種程度的心意，只是這種程度的關係。

我輕嘆一聲，倒臥在地上……應該說倒臥在蛇毯上思考。看來受害程度比我想像的輕，我心想自己就這麼倒下應該也無妨。

看來我真正的內心不想求饒，既然這樣，我覺得應該要尊重這種想法，由此找出折衷點，推測在這時候假裝死亡、假裝斷氣，或許能夠撿回一命。

我想騙千石撫子，但是對於千石撫子來說，這基於某種意義是「早已明白的事情」，是從一開始就明白的事情，所以她沒對我生氣。

她一直保持微笑。

她的憤怒、她的懲罰，全部指向其他地方，指向其他人。指向阿良良木或是戰場原。

既然這樣就和我無關，我可以拍拍屁股走人，這才是我的作風。雖然沒能騙過千石撫子，但我可以就這麼裝死度過危機。

然後，我真的再也不會來到這座城鎮。雖然可能會死掉五人、七人或八人，但這座城鎮的靈力之後會穩定下來，使得大家過著和平的生活。可喜可賀。

總覺得這是虛假的祝賀，不過放心，反正物語都是由謊言構成，所以就這樣吧。就當成是這麼回事吧。

沒能完成工作。委託工作的戰場原會被殺。神原駿河也會遭殃一起被殺。

真要說的話，上述幾件事令我在意，不過只要經過一段時間，等到風頭過了又能繼續賺錢，我肯定會忘得一乾二淨。

我即使這麼心想，也沒能騙過自己。

騙不了一個國中生，失去騙徒資格的我，已經無法對自己說謊。

「千石。」

我第一次叫千石撫子的名字。只叫她的姓氏。

不把她當成神、不把她當成蛇神，也不把她當成詐騙對象。

是把她當成一個女國中生稱呼。

「妳剛才說妳並不想成為神，對吧？」

「說過啊？」

「妳說妳並不是想成為神而成為神。」

「說過。所以怎麼了？」

「那麼，妳想成為漫畫家嗎？」

037

突然說出風馬牛不相及的事，出其不意讓對方措手不及，就這樣趁虛而入，這是話術的基本。這在算命或詐騙技巧中名為「冷讀術」。簡單來說，就是劈頭詢問「你今天身體不太好吧？」的時候，如果被問到的人身體狀況不算是非常好（沒人能永遠保持最佳狀態），就會覺得被說中真相而「緊張」一下。

而且，即使被問到的人非常健康，聽到對方說出這種和事實不符，說出這種莫名其妙的話語，就某方面來說同樣會「緊張」一下，不得不思索對方為何說得和事實不符。

身體不好？我身體明明很好，為什麼說我不好？難道我罹患某種我沒察覺的疾病？會抱持這樣的想法。

而且只要有這種想法，就代表注意力分散，變得等同於不會深思，同樣有可乘之機。

具備一點心理學的知識，就會知道這種初級再初級的手法，要是騙徒使用這招時沒有挑對人，只會有損自己的顏面。

不過，我這時候對千石撫子——對千石講這種話，絕對不是冷讀術。

我是明知這個真相而這麼說。

我已經看透。

證據就是千石聽完我這番話，並沒有「驚訝」也沒有「思考」。

「啊……唔、唔、唔……嗚嘎啊啊啊！」

她如此怒吼。

滿臉通紅、睜大雙眼，可愛的臉蛋扭曲到極限，喉頭發出憤怒的吶喊。

突然間，填滿千石和我之間的蛇群一分為二。

完全的統率。

這正是神蹟。

不過，千石後來的行動，即使說客套話也不算是神該有的樣子。千石凌亂地搖晃蛇色頭髮，全力跑到我面前。神應有的悠然、泰然態度蕩然無存。實際上，千石在蛇群熱氣融化而容易打滑的雪地重複絆倒三次，才來到即將被蛇群壓垮的我面前。

連身裙底下的春光被我一覽無遺，丟臉至極。但千石不計較這種事，也沒整理好衣服就衝過來。

「哇、啊、啊、啊、啊啊、啊啊啊啊啊、啊啊啊啊啊啊啊、啊、啊啊、啊啊啊、啊啊啊啊、啊啊啊啊啊！」

她隨著淒厲的怒吼，握拳打我的臉。不是巴掌、不是手刀，是緊握的拳頭。

當然會痛。

不過，這是女國中生沒用到腰力，只憑臂力揮出的拳頭。身經百戰的我只要稍微歪過頭就能充分卸下力道。

但千石完全不在意我是否受創，改為從反方向毆打我的臉。

沒有從腰部使力，也不是慣用手。

只是這樣的拳頭。

「你……你為什麼會知道，為什麼會知道，為什麼會知道，為什麼會知道！啊，嗚哇啊啊啊啊啊啊啊啊！」

我被蛇群壓住身體，能做的抵抗只有歪頭，所以堪稱任她隨便打。

我不可能卸下所有力道，傷害逐漸累積。

但千石也一樣。

要是以拳頭打人，拳頭也會受創。

不對，以這種狀況，千石累積的傷害肯定比較多。

即使成為神，得到神格，能使用強大的力量，能操縱大量的蛇，終究是不習慣打架的女國中生。

肉搏戰的能力很差。

關於這部分，正因為我在這個月花時間一邊玩花繩一邊慢慢「估算」，因此可以斷言。

以這種「怪病」的性質，壞掉的拳頭應該一陣子就會恢復。但千石激昂、憤慨、混亂到甚至想不到將這份力量用來治療。

如果她不是自己直接毆打，而是派蛇——派毒蛇襲擊我，轉眼之間就能將我擺平，但她似乎非得自己毆打才能消氣。

「看……看來！」

千石揮著沾滿血的拳頭大喊。

滿臉通紅大喊。

「你……你看了！你看了你看了你看了你看了你看了！」

「嗯，我看了。」

雖說不是冷讀術，但我不是超能力者或通靈人，當然無法像是忍野那樣說得看透人心。

和那個傢伙的「看透」不一樣，我的識破當然其來有自。

是的，我不是看透，是看見。

「我看見了。」

我這麼說。意識著被牙齒刮得滿是傷口的口腔這麼說。

「我用十圓硬幣簡單轉開鎖，看見了。錢果然很重要。」

我笑了。

儘可能充滿諷刺、充滿誠意。

「啊……啊啊啊啊啊啊啊！明……明明吩咐絕對不可以打開！明明不想被任何人看見，就算是曆哥哥也一樣！」

「畫得挺不錯嘛。」

我這麼說。

沒錯，這就是千石臥室那個禁忌衣櫃裡收藏的東西。我不惜非法入侵……其實我非法入侵並不是稀奇的事，總之我不惜這麼做也要調查的那個衣櫃裡，收藏著我「欺騙」或「摸索」千石撫子的過程中，完全派不上用場的東西。

是筆記本。

不只一兩本，是大量的筆記本。

無論是誰，在小時候都會在手札或筆記本上畫框線，做出漫畫家的行徑。說來見笑，我也畫過。

如果是將青春獻給運動或許另當別論，但是喜歡漫畫的孩子不可能沒模仿過漫畫家。因為只要擁有初期投資額度等於零的筆記本與鉛筆就做得來。

千石的衣櫃裡，滿是這種堆積如山的筆記本。雖然無聊，卻也因為無聊，才那麼不願意被他人看見吧。

被他人看見自己的創作。

對於青春期孩子來說，這種事比日記被看見更難為情。

小學生時代就算了，在國中二年級的現在，居然還將夢想中的各種事情畫下來當成娛樂。

自己的妄想、自己隱藏的一面居然被他人看見。

這是難為情到想死的事情。

「而且內容真誇張……那種甜到蛀牙、稱心如意的愛情喜劇是怎樣？以為現在是八〇年代嗎？現實哪可能有那種男人？荒唐。而且劇情挺情色的。」

「嗚、哇啊啊啊啊啊啊啊！」

「設定資料集也好厚一疊，我備受震撼。不過那樣塞入太多設定吧？我覺得稍微精簡一點比較大眾化。」

「殺、殺了你！殺了你、殺了你、殺了你，我殺你這傢伙之後也要去死！」

自己內心遭人毫不客氣沒脫鞋闖入，使得千石羞恥到臉紅，繼續揮拳打我。

真是的。

話說回來，「你這傢伙」是吧。

不理會任何人、不相信任何人，封閉內心的千石撫子小姐，妳終於肯對等看待我了。

「殺了我也沒用。我也有寫筆記的習慣，當天發生的事，已經相當清楚記錄下來了。所以即使我死掉，只要這本筆記見光，妳的『作品』也會見光。」

實際上不會這樣。

我的筆記編碼到某種程度，所以無法輕易解讀。

「即使如此，妳沒試著想過嗎？即使妳父母再怎麼溺愛妳，要是妳繼續下落不明，那個衣櫃總有一天會打開。妳以為到那個時候，塞在裡面的筆記本，妳父母將會沒翻閱就直接焚毀嗎？」

「…………！」

她啞口無言。

看來她沒想到這一點。不愧是笨蛋。

「哎，不過，既然妳這麼不好意思被別人看見，如果妳現在立刻放棄當神，恢復為人類回到房間，應該就能毫無問題親手處理掉吧？」

「～開什麼玩笑！我怎麼可能因為這種愚蠢的理由放棄當神！」

「『這種理由』是吧……」

我這麼說。不對，我至今依然被打，或許沒辦法說清楚。即使如此，我能表達出我的意思就好。

「那麼，妳願意因為哪種理由放棄當神？」

「…………！」

「我無論問誰……無論問戰場原、羽川還是妳父母，都沒打聽到妳有那種嗜好。沒人提過這件事，也沒人覺得有這件事，完全沒有和這件事相關的描寫，連一點伏筆或暗示都沒有。很多人知道妳心儀阿良良木，卻沒有一個人知道妳筆記本的內容。阿良良木應該不知道，那麼阿良良木的妹妹應該也不知道。妳堅持將那些難為情的創作隱藏至今。」

持續被毆打臉部的我說下去。

「妳沒告訴任何人。換句話說，就代表這是妳真正的夢想吧？」

夢想。

我有點猶豫說出這種肉麻的詞。因為這種詞被我這種人說出口會變得很假。

但即使很假，也不一定是謊言。

「因為真正的願望不會告訴他人，也不會告訴神。據說妳喜歡的藤子不二雄老師，也只對搭檔說自己夢想成為漫畫家。」

後半只是謊言。我不知道這種事。這是很假的謊言。在這種狀況也會說謊，我只在這時候憎恨我自己的嘴。

「成為神的妳應該很幸福、很快樂。我這麼認為。我不想把這樣的妳拖下神的寶座。不過，妳並不是想成為神而成為神吧？」

妳說過這是順其自然，是誤打誤撞。

這如同一種意外，即使其中包含某人的意圖，也不是千石自己的意圖。

「妳現在應該很幸福，卻只有幸福與快樂。妳光是等待半年，就閒到熱中於翻花繩，那妳殺掉阿良良木他們之後，究竟有什麼打算？要一直閒到發慌？我把話說在前面，不會有人來這種神社。妳再怎麼幸福，也只是守護萬物逐漸老朽的守門人，只是被迫維持城鎮和平的管理員。這是下下籤，這是退休之後在做的事吧？花樣女國中生會因為這樣就滿足？還沒過完第一人生就展開第二人生？」

「……………」

千石沉默了。似乎是「下下籤」這三個字深深刺入她的心。

她默默踹我。

「妳並不是想成為神，也不是想要幸福，是想成為漫畫家吧？既然這樣，妳為什麼不這麼做？」

居然變成這樣。變成這副模樣。

千石，妳究竟在做什麼？

「呼、呼、呼、呼、呼、呼……」

千石終於不再打我，看來是體力逐漸撐不住。

但她腦袋看來完全沒冷卻，就這麼以通紅充血的雙眼瞪著我。

「說……說這什麼傻話，那只是塗鴉，只是因為畫得很差，覺得丟臉才不想被看見。居然說夢想……不准講這種無聊的事情。」

她上氣不接下氣這麼說。

「那種東西是垃圾。雖然很想扔掉，但是連扔掉都很丟臉，所以才會藏在那裡，當然是這樣吧……」

「千石，不准把自己創作的東西講成這樣。」

我以訓誡的語氣這麼說。不對，或許隱含一些怒氣。

「創作是難為情的行為，夢想也是難為情的東西，這是在所難免、理所當然的事。但至少不是可以像這樣自己貶低的東西。」

「…………」

「而且妳畫得很好。老實說，我這個叔叔跟不上劇情進展以及角色設定，卻好歹看得出來妳畫得很好。而且我剛才提到我也會寫筆記，會在筆記本畫圖……應該說畫插圖。嗯，妳至少畫得比我好。」

該說這是奉承嗎？總之算是客套話。我自負畫得比她好。不過正因為有這種自負，我能保證千石擁有相當的繪畫功力。

「妳擁有所謂的天分。」

「我沒那種東西吧？」

她立刻回答。但是正因為立刻回答……

「何況，這不是有意願就能實現的東西吧？」

「不過，這和成為神或變得幸福不一樣，沒有意願就不會實現。」

「…………」

「而且，神無法成為漫畫家。必須是人類才行。」

人類才能成為漫畫家。

我自己都覺得這種邏輯很過分。總歸來說，我宣稱神不能成為漫畫家，所以建議千石放棄當神。

逐漸被蛇壓垮的我，逼她做出這種決定。

這是大人對孩子說的話。

「如果是神，應該可以因為情感糾葛而殺掉阿良良木與戰場原，應該做得到這種事。不過這是妳想做的事嗎？是妳的志願嗎？這種事其實對妳來說一點都無所謂吧？所以才會像那樣毫不隱瞞告訴我吧？因為對妳來說不重要，妳才會那樣公然宣揚吧？」

這是藉口。

有時候正因為是重要的事情，才會不小心脫口而出。有時候也是藉由說出口而鼓舞自己。

實際上，當初對阿良良木示好的千石，即使沒有公然宣稱，肯定也以這種方式「逼迫」自己，以這種方式被逼迫。

這就某方面來說也是夢想，我不否定。

而且，這個夢想粉碎了。

無論她是人還是神，這個夢想都無法實現。就算這樣，需要連其他夢想也一起遭殃嗎？

「千石，我喜歡錢。」

「…………」

「說到原因，在於錢可以取代一切，可以成為所有東西的代替品，如同萬能卡。錢可以買到東西、買到生命、買到人、買到心、買到幸福、買到夢想，是非常重要的東西，而且並非無法取代的東西，所以我喜歡錢。」

我這麼說。回想起來，我很少像這樣聊到錢。或許上次這麼聊是國中時代，是我在千石這個年紀的事。

「反過來說，我這個人啊，討厭無可取代的東西。比方說沒有『這個』就活不下去、只有『這個』是活下去的理由、『這個』正是自己活到現在的目標……這種唯一價值觀讓我討厭到無以復加。妳被阿良良木拒絕之後就失去價值嗎？妳想做的事情只有這個？妳的人生如此而已？我說啊，千石……」

我說到這裡，千石踢了我一腳。或許是我以這種方式使用阿良良木的名字令她更加憤慨。

而且千石似乎察覺到，用踢的不會傷到拳頭。

不過對我來說，這或許是個好消息。

至少我將千石拉回到足以察覺這件事。

證據就是千石只踢我一腳，沒有連續踢我第二、第三腳。

「我說啊，千石……」

所以我再度說下去。繼續說下去。

「和阿良良木交往是一件麻煩事，妳就讓某個笨蛋代替吧。所以妳停止做這種麻煩事，做其他麻煩事就好。妳有很多想做的事、想進行的事吧？曾經有吧？不是嗎？」

「想做的事……想進行的事……」

「妳難受到想拋下一切？真的是這樣嗎？沒有想穿的高中制服嗎？不想看愛看的漫畫月刊最新一期嗎？沒有期待過連續劇的續集或新上映的電影嗎？千石，對妳來說，阿良良木以外的事，都是無所謂的無聊東西嗎？妳不喜歡妳的父母，不喜歡那種善良的一般市民嗎？在妳心中的優先順位，除了阿良良木的人都是垃圾嗎？」

「……不是。」

「那麼為什麼？為什麼妳只特別重視阿良良木？他是妳的分身？」

「……貝木先生懂什麼？」

千石仔細擺好架式，像是踢足球般瞄準目標，踢向我倒在地上的臉。她以這種方式猛烈攻擊，我終究無法以轉頭的方式減少創傷。我或許會這樣被踢死。

「貝木先生對我一無所知吧？」

「我從各方面調查過。但妳說得對，我一無所知。只要是重要的事情就一無所知。妳的事情只有妳自己知道，所以只有妳能珍惜妳自己。而且……」

我這麼說。

這大概是我最後的發言吧。

牙齒斷了好幾顆。記得假牙很貴……可惡。

「而且，妳的願望也只有妳能實現。」

「……人類可以這麼隨便，可以這樣三心二意，一個不行就換下一個嗎？」

千石這麼問。

我吐著血，以不清晰的發音回應。

「可以。因為是人類。沒有東西無可替代、無法取代。我認識的某個女人，我熟悉的某個女人，總是將正在進行的戀情視為初戀，覺得這次才是第一次真正喜歡上別人。而且這是對的，一定要這樣才行。世間沒有唯一的對象，沒有無法取代的事物。人類因為是人類，所以什麼事情都可以反覆重來、什麼東西都可以反覆重買。總之……」

我看向神社主殿。

回過神來，大量的蛇不知何時消失。以為肯定還壓著我、固定著我的蛇群也消失了。如今我單純只是動彈不得，無法自己起身，傷痕累累的狀態。

回過神來，眼前是理所當然的神社風景。

全新的建築物、孤寂的境內。

不過，剛才大量的蛇進行除雪工作，因此就像是只有這裡接受春天來訪。

我看向主殿的賽錢箱。

「拿我給妳的錢去買正式的作畫工具吧。三十萬圓應該湊得到整套。」

「……就說了，我……從來沒想過成為漫畫家。何況，雖然確實不是想成為而成為神，但我難得成為神，一般來說都會覺得拋棄這個幸運很可惜。」

嗯。

聽她這麼說，我就無法反駁。

因為人類並不是非得成為想成為的東西。

「可是……」

這時候的千石，或許是想再踢我一腳，或是想再打我一拳。但她沒這麼做，而是無趣地朝空中一踢，像是振臂般握住拳頭。

「記得有人因為畫漫畫而被稱為神吧？既然覺得可惜，成為那樣就行吧？」

她這麼說。她說出這種話。

這是遙不可及的願望。不過抱持何種夢想是個人的自由。

是人類的自由。

「嗯。妳肯定做得到。就當作被我騙一次，挑戰看看吧。」

當作被我騙一次。

我對千石說的最後這句話，對於以詐騙維生的人來說過於老套，我自己都啞口無言。

不過，千石她……

「明白了。就讓你騙一次吧。」

她情非得已般笑了。

被騙居然還會笑，真是噁心的傢伙。

無論如何，雖然和預定計畫有點不同，但我就這麼完成了戰場原「我要你騙千石撫子」的委託。

不對。或許是失敗。

或許算是非常失敗。

我伸出可能被蛇壓到骨頭裂開的右手，豎起食指。

「妳這個傢伙。」

我輕戳千石的額頭。

038

「千石……貝木？」

就在這個時候，身穿便服的阿良良木曆剛好出現。真的是在最佳時機、最準確的時機出現。

要是阿良良木稍微早來，或許會有大量的蛇順勢襲擊殺害他，反過來說，要是他稍微晚來，我大概會不知道該如何處理昏迷的千石。畢竟要是扔著不管或許會凍死。就算這麼說，我也沒自信以可能骨折的身體背著一個女孩走下雪山。

基於這層意義，我很感謝王子大人登場。

他居然會出現。

正值考大學期間，即將進行複試的他出現在這裡，大概是基於某種預感。正義使者的直覺很敏銳。

不過，他原本就不會把大學考試看得比認識的女高中生還優先。

「貝木！你……為什麼在這裡？你對千石做了什麼！」

阿良良木像是混亂至極般怒罵我。好啦，這下子怎麼辦？我已經很不耐煩，所以想將我接受戰場原委託，直到剛才和千石爭論不休的過程全部說出來。

即使結果導致戰場原與阿良良木變得尷尬而分手，也不關我的事。

「是臥煙學姊委託的。」

我如此心想，卻自然而然說謊。

「我正在幫這個女孩驅魔。也就是說我這次不是身為騙徒，是身為捉鬼大師前來工作。雖然來到這座城鎮違反規定，但我現在不是騙徒，所以沒關係吧？」

這張嘴真方便。我自己都覺得大言不慚。

我明明只是以騙徒身分前來，而且沒活用這個身分。

只有最後短短五分鐘是例外。

「……是臥煙小姐……」

阿良良木聽我說完之後，雖然沒有撫平混亂情緒，卻似乎在某種程度能接受這個狀況。

以我的立場來看，這是怎麼想都不可能發生的事，不過對於阿良良木來說，「臥煙伊豆湖為了收拾事態而出動」這個說明，似乎比較容易讓他認同。

真是的，臥煙學姊也好，忍野也好，都在孩子面前裝好人，真虛偽。

我絕對不會做這種事。

「可、可是……」

阿良良木看向倒在我腳邊昏迷不醒的千石。

「你究竟對千石做了什麼？」

他再度詢問。

關於我為何毀約來到這座城鎮，以及臥煙學姊安排何種解決之道，他似乎決定暫時不追問。

總之，我早就在阿良良木面前毀約一次，他或許抱持著「事到如今何必再計較」的心情吧。

「和我上次對你妹妹做的事情一樣。」

我簡單回答。

「和上次對小憐做的事情一樣……？」

「對。不過這次不是蜂。你的妹妹適合殺人蜂，但是以千石——千石撫子的狀況則是……」

我差點親密地只叫姓氏，連忙改口之後說下去。

「是蛞蝓。」

「…………」

「從三方相剋的理論來說，蛇就得用蛞蝓——蛞蝓豆腐應付。不過這不是足以封印蛇神的怪異，同樣是虛構的虛偽怪異。要不是千石撫子願意接納黏滑而生的蛞蝓，就不足以和蛇神抗衡。」

「願意接納……慢著，貝木，你對千石……」

阿良良木原本想問我對千石做了什麼，卻似乎打消念頭。大概是覺得這個問題反覆太多次吧。

所以他改成這麼問。

「……說了什麼？」

「說了理所當然的話。」

我如此回應，並且像是無視於阿良良木般，蹲在千石旁邊。工作只差一點就要完成，我可不想在這時候被孩子妨礙。

「我說了理所當然的話。戀愛並非一切，還有其他的樂趣，不要白費將來，大家都經歷過難為情的青春，過一段時間就會成為美好的回憶……我說了大人會對孩子說的這種理所當然的話。」

所以，若他問我做了什麼，我只會說我做了理所當然的事。

我說著將手伸進千石嘴裡，使勁將手臂都伸進去，甚至以為她下顎會脫臼。

「唔，喂！貝木！你在做什麼！」

「吵死了，阿良良木，給我退下，給我認分。你沒辦法為千石做任何事。」

我就這麼在千石體內摸索，抓住要找的「東西」之後迅速抽出手。千石小小的嘴毫無異狀閉上。

同時，千石原本純白、滿是白蛇的頭髮，全部恢復為漆黑，應該說理所當然的髮色。

從受人供奉的蛇神，逐漸恢復為極為常見的女國中生。

她頭髮不再是蛇，恢復原本髮型之後，我總覺得這女孩和相簿照片不一樣，瀏海特別短……應該說短過頭了，大概是我多心吧。

她的服裝也不知何時從莫名具備神聖氣息的白色連身裙，恢復為這座城鎮常見的國中制服。

看來，她恢復為三個月前還沒成為神的樣子。

千石復原了。

阿良良木大概也看過她這副模樣，看起來鬆了口氣。我伸出剛才插入千石體內的手，將手握的符咒拿給阿良良木看。

蛇的符咒。銜尾蛇屍體的符咒。

不知道是唾液還是胃液，這張符咒沾滿體液，如同蛞蝓爬過一樣溼滑，但肯定依然是具備神格的符咒。

即使如此，我還是姑且確認。

「這就是臥煙學姊託付給你的符咒？」

「咦……啊啊，沒錯。」

「這樣啊。」

我一邊說，一邊思考該怎麼處理這張符咒。老實說，我覺得這張符咒應該可以賣很多錢，即使就這樣占為己有，千石與阿良良木應該也無法責備我……

不過，這張符咒來自臥煙學姊。

多一事不如少一事。

不對，以這種狀況，應該說不需要自找麻煩。

「拿去。」

我刻意一副賣人情的樣子，將這張符咒塞給阿良良木，順便拿他的衣服擦拭我黏滑的手。

「這次別搞錯使用對象啊。」

「……我不用。」

阿良良木這麼說。

「我不使用這種東西。」

明明就是因為這個決定導致這種結果，這傢伙真是學不到教訓。但我也沒資格說什麼。

我聳肩回應，就這麼經過阿良良木身旁。

光明正大走在參拜道路正中央，即將穿過鳥居。

「唔……喂，等一下！貝木，你要去哪裡？」

「還能去哪裡……我原本不應該待在這座城鎮。要是戰場原知道我在這裡，她會殺了我。」

我不打算袒護她。

我只是巧妙利用她，當成我離開這裡的藉口。

「我完成工作了。這次賺了不少錢。」

我沒回頭看向身後的阿良良木，就這麼說下去。

「阿良良木，好好送那個女孩回家啊。」

我說得很帥氣，不過總歸來說，我是將非常棘手的任務扔給阿良良木，要他陪同失蹤至今的女國中生回家。

總之，這傢伙耽擱到現在才剛好在這時候趕到，好歹要讓他活躍一下。

「但你必須處理得巧妙一點，別被發現是你送她回去。」

「咦……」

「如果這女孩認為是你救了她，一切就徒勞無功。我好不容易才總算幫她除掉憑附的東西。」

只是順其自然就是了。

「蛞蝓豆腐三天之後就會自然離開，無須擔心會留下什麼後果。如果真的沒離開，灑鹽就好。而且我已經安排好，讓你一輩子不會和那孩子有交集。記住，趕快成為她的回憶吧。」

「……我沒辦法這麼不負責任吧？是我害千石變成這樣，我得負責……」

「你不懂？」

荒唐。我為什麼要做這種像是說教的行為？

我比臥煙學姊或忍野更不是做這種事的料。

但我非說不可。非得由我說才行。

「你沒辦法為那個女孩做任何事。要是有你在，那個孩子只會變得沒用。戀愛有時候讓人堅強，有時候也會害人墮落。戰場原應該是因為有你而變得稍微堅強，但是千石撫子有你只會變得沒用。」

「…………」

不曉得阿良良木現在是什麼表情。

他被我這種傢伙暢所欲言，不曉得是什麼心情。我試著想像，嗯，或許會因而自殺吧。我好不容易掩飾戰場原是委託人的事實，卻再也無法隱瞞我解決阿良良木敗筆的事實。他現在或許甚至覺得難為情吧。

總之，青春就是一種難為情的東西。

但我姑且打個圓場，當成特別服務吧。

「戰場原因為有我而變得沒用，你則是讓她變強。總之……所以這次與其說是人盡其才，應該說我是想還這個人情。」

「貝木……」

阿良良木只說到這裡，沒繼續反駁。

他應該沒接受我的說法，但還是遵守分際。

「千石她……」

雖然不是要取代反駁，但阿良良木這麼問。

「她要是沒有我，會變得幸福嗎？」

「天曉得。她直到剛才似乎都很幸福……但人類活著的目的，並不是想變得幸福。即使不幸福，成為自己想成為的東西就好。」

我隨口回應。

「總之，無論如何……」

我始終只是隨口這麼說。

「只要活著，遲早會發生好事吧？」

「…………」

「那麼，再會了。」

「再也不會見面」或是「這次真的是最後一次來這座城鎮」這種話，似乎越說越容易和這座城鎮有緣，所以我刻意彆扭說出這種話道別，踏出腳步穿越鳥居走下階梯。

全身痛得軋轢作響，但我當然不會讓這種事顯露於言表。

039

我不知道什麼後續，也不知道這個物語是以何種形式結尾。不關我的事。

我扔下千石與阿良良木下山之後，打電話給戰場原。工作順利結束，卻被阿良良木發現。我老實地修飾過程之後告訴她。

先不提前半，後半的敘述使得戰場原發火。不是火冒三丈這麼可愛的東西，是失控到堪稱歇斯底里的程度。

我覺得對不起她，相對來說也有種「活該」的舒暢感覺。我這個人真複雜。

總之，我這次是最後一次聽到她的聲音，所以舒暢感還是比較強烈吧。

「我已經做過最底限的掩飾，所以交給妳善後吧。老兵只會凋零，之後是孩子們的時代。」

「別把事情搞得亂七八糟之後無謂耍帥……」

我不曉得歇斯底里是否很費力，但戰場原大吼大叫之後似乎精疲力盡。

「承蒙你的協助，謝謝你。」

即使如此，她最後還是鄭重這麼說。

光是這一個月，這個女人也變得率直許多。

「那麼，至此道別了。」

「是啊。這麼一來就再也和妳沒瓜葛，一刀兩斷了。」

「拜拜。」

「再見。」

彼此毫無感慨地這麼說。甚至沒有和舊友在市區擦身而過的尷尬。我們沒有任何關係。

然而，雖說是「彼此」，對戰場原來說似乎不是這麼回事。

「貝木，方便問一個問題嗎？」

她這麼說。

真是的，道別還這麼依依不捨，果然還是個孩子。

「不行。」

「你認為兩年前，我真的喜歡你？」

「…………」

我心想「我哪知道，笨蛋」打算掛電話。

「我是這麼認為的。」

我的嘴卻擅自回應。依然擅自回應。

「這樣啊……」

戰場原出聲回應。

「那就代表你被我騙倒了。」

「……是啊。所以這又怎麼了？」

「不……只有這樣。今後小心壞女人吧。」

「也對。妳在寫信的時候，要記得別忘記署名。」

我說到這裡結束通話。到最後有種將她一軍的心情，使我也覺得自己相當小心眼而受到打擊。

沒什麼。看出飯店房內那封信是戰場原黑儀偷放的也不值得稱讚。因為如果是立刻識破就算了，我經過好一陣子才看穿。當我叫她來鬧區見面，她就可以預料到我暫居的區域。之後只要以可愛的孩子聲音，理所當然般告訴飯店櫃檯「我有東西要拿給住在這裡的貝木先生」就好。

雖然包括羽川下榻的地方在內，市區有好幾間飯店，但如果找錯間也無妨。反正我不會知道她找錯飯店。

她刻意向我推理放信的方法，應該是藉此擺脫嫌疑吧。

難怪她在我說撕毀扔掉的時候會生氣。因為是她自己寫的信。

那麼，她為何明明自己委託我，卻矛盾地主動要求我「收手」？因為那個傢伙非常明白我這個人。如果有人要我收手，我就會變得不想收手。戰場原黑儀非常明白我這種個性。

實際上，如果斧乃木是以完全相反的方式要求，如果臥煙學姊對我的忠告是「別收手」，我當時或許真的會收手。

所以她在委託的同時，也委託相反的事。

這是幼稚又無聊的策略。

不過，明知如此卻故意上當的我也有問題。

我關閉手機電源，就這麼破壞手機。不對，手機本身相當值錢，所以我只破壞裡面的ＳＩＭ卡。

總之，這麼一來就斷絕戰場原和我的連結。如果她努力調查，或許也能查到我下一支手機的號碼，如同之前查出這個號碼那樣，但那個傢伙已經沒有和我打交道的動機。完全沒有。

我從空機的手機記憶體只刪除戰場原的號碼，然後前往車站。我必須拿回保管在投幣寄物櫃的行李箱。

因為那正是證據。

雖然不是千石衣櫃裡的那些東西，但是得好好處理掉。

「不過……」

我走在二月的積雪道路思考。不提戰場原，這次事件有多少是在臥煙學姊的計算之內？

越是要我收手，我就越是不想收手。那個人比戰場原更清楚我這種個性，所以她付我三百萬圓的鉅款，或許只是想提供資金給我？我該不會只是照著那個女人——那個學姊的劇本走吧？

總之，想這種事情也無濟於事。即使真的照她的劇本走，想到能藉此和她斷絕關係就很划算。

……斷絕關係了嗎？

感覺臥煙學姊似乎明天就會若無其事出現在我面前……總之到時再看著辦。如果她帶著賺錢機會過來，我並不是不能以學弟身分和她打交道。

話說回來，我心想，先不提臥煙學姊冷淡又劃清界線的態度，影縫沒插手這件事也是理所當然，但忍野那傢伙在這種時候，究竟在做什麼？

那個傢伙確實是流浪漢。和我一樣是居無定所的流浪漢，是比我還放蕩無賴的流浪漢，要找到他的下落比抓住雲朵還難。

不過，那個好好先生，那個總是在孩子面前要帥的人，在自己曾經照顧過的人有數人陷入如此絕境的狀況，真的有可能完全不現身嗎？

在阿良良木、戰場原、前姬絲秀忒、羽川，或是其他人遭遇困難的時候，正是在這種時候，那個人才會瀟灑現身吧？

那個傢伙沒現身，才會害我不像樣地被拖出來解決問題。拯救千石以及阿良良木他們，原本肯定是忍野咩咩的工作。

那個傢伙現在究竟在哪裡做什麼？

……真在意。

不，我不在意，但是從這個方向下手或許有錢賺。既然這樣，就以同樣是流浪漢的身分調查看看吧。久違地和那個傢伙對飲似乎也很愉快。

我下定這個決心的瞬間，眼冒金星。

我就這麼不明就裡地倒在雪地。頭昏眼花。還以為被蛇群壓垮的身體至今才達到極限，不過我看到眼前的雪染成鮮紅，推測應該是頭部從後方被人重毆。

「呼、呼、呼、呼……」

聽得到氣喘吁吁的聲音。

我硬是轉動滿是鮮血的頭，看到一個手持鐵管，年約國中生的孩子。鐵管沾著血，看來是拿那根鐵管打我。鐵管很長，離心力應該不可小覷。

「扇……扇小姐說得沒錯。你這個騙徒真的回來了……」

國中生以實在不像是精神正常的眼神嘀咕。

「都……都是因為你、都是因為你、都是因為你……」

「…………」

我剛開始認不出是誰，但我看著對方長相與充血的雙眼就想起來了。雖然沒能想起名字……對，是我上次來這座城鎮時詐騙的大量國中生之一。是我在前來這裡的飛機上，畫在筆記本裡的其中一人。

我看見這傢伙身後有蛇。

嚴格來說不是身後有蛇，是如同纏住全身般盤繞的大蛇。

我看見了。不是隱約看見，是清楚看見。

這傢伙是怎麼回事？

遭受咒術反噬嗎？

那麼這個國中生或許是事件的開端，是對千石撫子「下咒」的國中生。

……這麼說來，在我自行解釋那封信的問題之後，就一直以為跟蹤也是戰場原幹的好事，不過嚴格來說，「跟蹤者」的身分依然未解。

我原本以為如果不是戰場原，就是臥煙學姊派來的監視者……但要是這種演變正如臥煙學姊的預料，派人監視我就沒有意義。

既然這樣，跟蹤者是這個國中生？

不，不對。我以滿是鮮血的腦袋判斷。我不認為這傢伙「正常」到可以跟蹤別人。

這麼說來，這傢伙剛才是不是提到一個人名？

扇？

這是誰？

我似乎在哪裡聽過這個名字，卻沒辦法繼續思考。

「嗚，哇啊啊啊啊啊啊啊啊啊啊啊啊啊啊啊啊啊啊啊啊啊！」

瘋狂的國中生發出怒吼，朝著倒地的我高舉鐵管。我挨了充滿憎恨與詛咒的這一棍，緩緩失去意識。

俗話說有錢能使鬼推磨。我沒有存款，所以我由衷慶幸能在最後賺點小錢。

後記

我想這本小說是我大約第五十本小說，但我記得至今的著作，有相當比例的「騙子」登場。應該說我不記得至今究竟寫過幾個「老實人」。我想這大概是因為作者秉持著「物語都是謊言！」這種堅定、絕不動搖的價值觀。正因為框架是「謊言」，登場人物必然盡是「騙子」……但要是講出這種話，即使在物語的框架之外，在我們所處的現實，也不曉得洋溢著多少「真實」的味道。即使當事人不打算「說謊」、沒自覺「說謊」，依然「不經意」就「說謊」的狀況多到令人抗拒。反過來說，當然也可能沒把「真實」當成「真實」來接受，而是將其解釋為「謊言」，當成「謊言」來相信……即使某人述說「真實」，要是聽到的某人認知為「謊言」，這個「真實」就會變成「謊言」而傳播、成立，那麼「真實」無須翻轉或顛覆就等同於「謊言」吧？雖然說了這麼多，但最後或許只是因為作者是騙子，登場角色才會盡是騙子。不過只有老實人登場的小說會好看嗎？

就這樣，本書是只有騙子登場的作品。作者本人寫著寫著也完全搞不懂什麼是真相、什麼是假象、什麼是真話、什麼是謊言，不過本書是《物語》系列第二季的最後一集。雖然這是一部敘事者會更換的作品，但這對我來說是嶄新手法，不同敘事者將物語或人物述說得完全不同，身為作者會擔心讀者批評「這和你之前寫的不一樣吧！」而戰戰兢兢。就是因為有這種驚喜才戒不掉寫作。就這樣，先前預告的《物語》系列到本書正式完結。這樣的出書進度相當亂來，但是多虧各方面的協助，順利像這樣完成到最後。我再也不會貿然預告了。我在這裡反悔……更正，在這裡發誓。就這樣，本書是以百分之百的不良嗜好寫成的小說──《戀物語　第戀話：黑儀・終幕》。

戰場原上封面，其實是久違五年的壯舉。真令人驚訝。VOFAN老師描繪的是雪中的戰場原。這是最後一集，虛無飄渺的氣氛真美妙。進度方面造成講談社BOX編輯部諸多困擾，不過這也是最後一次了，所以請原諒。在前途未卜的第二季陪同走到這一步的各位讀者，請容我致上深深的謝意。

謝謝各位。

接下來還有最終季，請多指教。

西尾維新

作者介紹

西尾維新 (NISIO ISIN)

1981 年出生，以第 23 屆梅菲斯特獎得獎作品《斬首循環》開始的《戲言》系列於 2005 年完結，近期作品有《鬼物語》、《難民偵探》、《悲鳴傳》等等。

Illustration

VOFAN

1980 年出生，代表作品為詩畫集《Colorful Dreams》，在臺灣版《電玩通》擔任封面繪製，2005 年由《FAUST Vol.6》在日本出道，2006 年起為本作品《物語》系列繪製封面與插圖。

譯者

哈泥蛙

專職譯者。缺乏創意的特性眾所皆知，當前的例子是「想不到這集譯者簡介該寫什麼」。該換個風格了。

書盒子
戀物語
（原名：恋物語）

作者／西尾維新　插畫／VOFAN　譯者／張鈞堯
執行長／陳君平　榮譽發行人／黃鎮隆
協理／洪琇菁　國際版權／黃令歡、梁名儀
執行編輯／呂尚燁　美術主編／李政儀
企劃宣傳／陳品萱
出版／城邦文化事業股份有限公司　尖端出版
台北市中山區民生東路二段一四一號十樓
電話：（〇二）二五〇〇七六〇〇　傳真：（〇二）二五〇〇二六八三
E-mail：7novels@mail2.spp.com.tw
發行／英屬蓋曼群島商家庭傳媒股份有限公司城邦分公司　尖端出版
台北市中山區民生東路二段一四一號十樓
電話：（〇二）二五〇〇—七六〇〇（代表號）
傳真：（〇二）二五〇〇—一九七九
中彰投以北經銷（含宜花東）／楨彥有限公司
電話：（〇二）八九一九—三三六九
傳真：（〇二）八九一四—五五二四
雲嘉經銷／智豐圖書股份有限公司　嘉義公司
電話：（〇五）二三三—三八五二
傳真：（〇五）二三三—三八六三
南部經銷／智豐圖書股份有限公司　高雄公司
電話：（〇七）三七三—〇〇七九
傳真：（〇七）三七三—〇〇八七
一代匯集／香港九龍旺角塘尾道六十四號龍駒企業大廈十樓B&D室
電話：（八五二）二七八三—八一〇二
傳真：（八五二）二七八二—一五二九
馬新經銷／城邦（馬新）出版集團　Cite(M)Sdn.Bhd.
E-mail：Cite@cite.com.my
法律顧問／王子文律師　元禾法律事務所
台北市羅斯福路三段三十七號十五樓
二〇一四年五月一版一刷
二〇二三年五月一版四刷

本作品於2011年於講談社BOX系列出版。

■中文版■

郵購注意事項：
1. 填妥劃撥單資料：帳號：50003021戶名：英屬蓋曼群島商家庭傳媒(股)公司城邦分公司。2. 通信欄內註明訂購書名與冊數。3. 劃撥金額低於500元，請加附掛號郵資50元。如劃撥日起 10～14日，仍未收到書時，請洽劃撥組。劃撥專線TEL：(03) 312-4212 ・ FAX：(03) 322-4621。E-mail：marketing@spp.com.tw

國家圖書館出版品預行編目資料

戀物語 / 西尾維新 著; 張鈞堯 譯.
—1版.—臺北市：尖端出版, 2014.05
面 ; 公分.—(書盒子)
譯自:鬼物語
ISBN 978-957-10-5564-0(平裝)

861.57　　103024521